남자무리
여사친

치즈필름 김은하 원작 | **정율리** 글 | **나롯** 그림

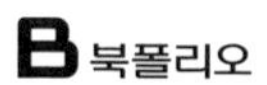

차례

프롤로그
여자 사람 친구

시야가 탁 트인 카페, 사람들은 핸드폰 카메라에 나른한 창 밖의 풍경과 감각적인 카페 인테리어를 담고 있었다. 여기 세 사람, 지혜와 호태, 진희만 제외하고.

그들은 문이 열리는 경쾌한 종소리에 약속이라도 한 듯 동시에 문 쪽으로 고개를 돌렸다.

지혜가 카페 안으로 들어서는 석주를 향해 환하게 웃으며 손을 흔들었다.

"야, 왜 이렇게 늦게 와?"

석주는 지혜가 내민 손수건으로 이마에 송골송골 맺힌 땀을 대충 훔쳤다.

"늦어서 미안. 잠깐 회사에 들러 서류 좀 챙기느라."

석주가 급히 자리에 앉자, 지혜는 기다렸다는 듯 하트 모양의 실링 왁스가 찍힌 봉투를 내밀었다.

"누가 봐도 청첩장인데?"

"그러는 너는 감히 주말에 회사를 가? 오늘 새벽에 한국 도착한 이진희도 제시간에 왔는데."

호태가 장난스럽게 석주의 어깨를 치며 말했다. 석주와 호태가 투닥거리자 지혜가 테이블을 톡톡 쳤다.

"다들 오늘의 주인공한테 집중해야 할 거 아니야!"

"아, 그래, 그래. 실례를 범했네. 오늘의 주인공이자 치즈고 최고의 아웃풋. UC버클리 공과 대학 박사 과정에 재학 중인 소프트웨어 개발자 이진희!"

석주가 호들갑스러운 박수로 맞장구를 쳤다. 진희가 엄지와 검지를 콧등에 대고는 도리질하며 말했다.

"너희들 지금 나 멕이는 거지? 통화할 때마다 이래, 지겨워 죽겠어. 야, 지혜 봐라. 또 성난 고양이 표정이다."

셋의 시선이 일제히 지혜에게 쏠렸다. 지혜가 눈에 힘을 주고 세 사람을 노려봤다.

"캄다운, 캄다운. 우리의 여자 사람 친구이자, 포브스 선정 올해 강남에서 결혼하는 예비 신부 중 가장 멋진 최지혜. 자, 이제 됐냐?"

호태의 말에 지혜가 이내 웃음을 터뜨렸다.

띠로리로 띠로리로. 한창 수다를 떠는 와중에 지혜의 핸드폰이 울렸다. 액정에 '준'이라는 표시가 떴다.

"나 잠깐 전화 좀."

지혜가 커다란 행운목 앞을 서성이며 전화를 받았다. 끝이 잦아드는 아쉬운 음성이 테이블까지 전해졌다. 지혜가 자리에 앉기도 전에 호태가 눈치 빠르게 물었다.

"또 일 생긴 거야? 오늘 못 온대?"

지혜가 고개를 끄덕였다.

"그렇지, 뭐."

"그래도 오늘은 얼굴 보나 했는데 아쉽긴 하다."

미국에 사는 진희가 제일 안타까운 눈치였다.

"어쩔 수 없지. 오늘만 날도 아니고 앞으로 쭉 볼 날이 많을 테니까."

석주의 위로에 지혜가 씁쓸한 미소를 머금었다.

"그나저나 네 신랑, 결혼식에는 오는 거 맞지?"

"야, 손호태."

지혜는 호태의 팔뚝을 가볍게 통통 쳤다. 호태의 짖궂은 농담 덕에 지혜는 밝은 얼굴을 되찾았다.

"할 수 없지. 너희들이 나랑 가 줘야겠다."

지혜의 말에 셋은 눈을 동그랗게 뜨고 동시에 물었다.

"어딜?"

"신부님 나오십니다."

어깨 주변에 러플이 달린 새하얀 드레스를 입은 지혜는 어색한지 어깨를 움츠리고는 수줍은 눈빛으로 그들을 바라보았다. 세 남자의 눈길이 지혜에게서 떨어질 줄 몰랐다.

"옷이 날개라더니."

호태가 가장 먼저 입을 뗐다.

"괜히 그러지 말고. 진짜 괜찮은 거 맞아?"

"응. 장난 아니라 진심으로 예쁜데?"

지혜의 물음에 석주가 놀란 표정을 숨기지 못한 채 답했다.

"포즈 좀 취해 봐. 사진 찍어 줄게."

진희가 카메라를 들이대자 지혜는 다소 뻣뻣한 자세로 브이를 했다.

"새 신부가 그게 뭐냐? 웨딩 사진 촬영 연습한다 생각하고 포즈 좀 예쁘게 취해 봐!"

남자 셋이 장난스러운 손짓을 섞어 가며 지혜의 긴장을 풀어 줬다. 다음 드레스를 피팅 하기 위해 커튼이 닫히고, 삼인방은 소파에 앉아 추억에 젖어 들었다.

"교복 입던 시절에 만나서 웨딩드레스 입은 것까지 보게 되다니. 내가 결혼하는 것도 아닌데, 왜 이렇게 감개무량하지?"

석주의 말을 호태가 받았다.

"그러게 말이다. 그나저나 지혜 신랑한테 미안한데? 이런 건 남편 될 사람이랑 같이 와야 하는 거 아닌가?"

"오히려 좋을 수도? 미국에서는 결혼식 전에 남편이 드레스 보면 부정 탄다고 친구들끼리만 가고 그러잖아."

진희의 말에 호태와 석주가 동시에 외쳤다.

"오, 아메리칸 스타일."

잠시 후 커튼이 스르르 걷히고 다른 드레스를 입은 지혜가 등장하자 셋은 자리에서 벌떡 일어나 다소 과장된 동작으로 박수 세례를 퍼부었다.

셋은 저마다 의견을 피력하며, 지혜의 웨딩 드레스 선정에 열을 올렸다. 지혜가 쑥스러운 듯 고개를 푹 숙였다. 부케를 들자 모든 것이 완벽해 보였다.

지혜가 웨딩 숍 관계자와 이야기를 나누는 사이, 그들은 말없이 소파에 앉았다. 셋의 시선은 저마다 핸드폰, 창밖, 벽에 걸린 액자에 머물러 있었지만, 마음속에서는 똑같은 문장이 흘러나오고 있었다.

'한때 내가 좋아했던 여사친, 최지혜.'

1화
우연이 세 번
겹치면

창문 하나 없는 좁디좁은 고시원 방, 열여덟의 앳된 얼굴을 한 지혜가 웅크린 채 잠들어 있었다.

알람이 울리는 순간 지혜는 퍼뜩 눈을 떴다. 평소 같았으면 3분 간격으로 맞춘 알람이 다섯 번째 울릴 때서야 겨우 일어났을 테지만 오늘은 달랐다.

오롯이 혼자 힘으로 스스로를 책임져야 하는 서울 살이. 삶의 새 이정표가 될지도 모르는 치즈고등학교로의 전학 첫날은 지혜를 긴장하게 만들었다. 지혜는 책가방에 챙겨 넣은 교과서와 필기구를 다시 한 번 꼼꼼히 확인한 뒤 욕실로 이동했다. 드라큘라의 관처럼 작은 욕실이었지만 씻고 나오니 피로가 가셨다.

"당근마켓, 고맙습니다!"

지혜는 당근마켓에서 구매한 교복 치마를 입고 셔츠의 단추를 채웠다. 정성스레 빗은 수수한 생머리. 최대한 튀지 않게 스킨과 로션, 선크림만 바른 얼굴.

전학생을 향한 환대는 바라지도 않는다. 눈에 띄지 않고 평범하게, 있는 듯 없는 듯 조용한 학교생활이 지혜의 목표였다.

대로변을 지나 골목길에 접어드니, 지혜와 같은 교복을 입은 아이들이 우르르 쏟아지고 있었다. 아이들은 무리를 이뤄 재잘재잘 수다를 떨었다. 저 멀리, 학교 정문이 보였다. 지혜는 입가에 힘을 주고 다부지게 주먹도 쥐어 보았다. 잘할 수 있다는 자기 최면과 함께.

"반 친구들한테 자기소개 부탁해."

담임선생님의 말에 지혜는 망설이다 입을 겨우 뗐다.

"……안녕, 나는 최지혜라고 해."

잠시 정적이 교실을 휘감았다. "예쁜데?" 하고 저희들끼리 작게 주고받는 소리가 고스란히 지혜의 귀를 간질였다. 지혜의 커다란 눈망울이 미세하게 흔들렸다.

"그래, 더 할 말은 없고?"

담임선생님의 물음에 지혜는 대답 없이 침을 꿀떡 삼켰다.

"쟤 뭐냐?" 하고 수군거리는 소리가 들렸다. 지혜는 억지스레 웃음을 지었다.

"잘 부탁해!"

긴장한 탓에 목소리가 갈라졌다. 아이들이 키득키득 웃었다. 붉게 물든 얼굴을 숨기려 지혜는 고개를 푹 숙이고 입술을 깨물었다.

쉬는 시간, 누군가 지혜에게 다가와 말을 걸었다.

"너 우유고에서 전학 왔어?"

그 말을 듣자 손이 헛돌았다. 지혜는 바닥에 떨어진 펜을 줍기 위해 허리를 숙였다. 그런 지혜 앞에 핑크빛 네일 아트를 한 손 하나가 불쑥 끼어들어 펜을 먼저 주웠다.

"이 펜에 써져 있더라고. 놀랐으면 미안."

고개를 들어 보니 붉은 틴트를 바른 화려한 이목구비의 여자애였다.

"아, 아니야. 고마워."

지혜는 펜을 받아들고 두 손으로 꼭 쥐었다. 전학 오기 전 다녔던 우유고등학교에서 개교 20주년 기념으로 학생들에게 지급한 펜이었다. 지혜는 필통에서 미처 이 펜을 빼지 못한 자신을 탓했다.

여자애는 붙임성 있게 지혜에게 말을 걸었다.

“나는 박휴진. 근데 우유고가 어디 있어?”

“어? 아, 저기 경기도 쪽에…….”

지혜는 말끝을 흐리며 읽고 있던 책의 모서리만 매만졌다. 박휴진은 침묵을 지키는 지혜를 위아래로 훑다 슬며시 미소 짓더니 말했다.

“INFP? ISFP?”

“글쎄. 잘 모르겠어.”

“뭐야, MBTI 안 해 봤어? 암튼 한 번 해 봐. 내 말대로 너 ISFP 나온다.”

휴진은 지혜의 앞자리에 앉아 집요하게 물었다.

“너 틱톡 해?”

“아니.”

“인스타나 다른 SNS는?”

“아무것도…….”

의아하다는 듯 자신을 살피는 휴진의 눈길에 지혜는 속으로 중얼거렸다.

‘한때 했었지. 그 사건 전에는.’

문이 요란하게 열리는 소리와 함께 재잘대는 아이들의 음성이 지혜의 귀에 꽂혔다. 무리를 이룬 아이들이 지혜 쪽으로 다가오고 있었다.

"뭐야, 전학생 휴진이한테 픽 당한 거?"

"오올, 박휴진 눈에 들면 바로 인싸 빼박인데."

휴진이 만족스러운 얼굴로 팔짱을 끼며 답했다.

"응, 안 그래도 예뻐서 작업 거는 중. 간만에 나랑 더치 페이스 되는 단짝 생기겠네. 너희도 말 좀 걸고 그래."

지혜는 호기심 어린 눈길로 자신을 바라보는 시선을 애써 피하며 되뇌었다.

'아냐, 하지 마. 하지 마. 하지 마. 하지 마.'

그때 남자애 하나가 지혜의 책을 집어 들었다.

"카타리나 블룸의 잃어버린 명예? 하인리히 뵐? 완전 처음 들어보는데."

그러더니 책장을 휘리릭 넘겼다.

"너 진짜 이거 읽음? 이거 사람 읽으라고 쓴 책 맞지?"

뒤에서 누군가 작은 소리로 "진지충?" 하고 말했다.

'그래. 상여우, 여왕벌, 어장 관리사, 남자 수집가. 이런 수식어보다는 차라리 진지충이 되는 편이 낫지.'

지혜는 책을 가져오길 잘했다고 생각하며 입술을 앙 다무는 것으로 대답을 대신했다.

딩동댕동. 구원의 종소리에 지혜가 안도의 숨을 내쉬었다.

남들 눈에 쏙 드는 것만큼 투명 인간으로 보이는 것에도 많은 노력이 필요했다. 감정을 드러내진 않지만 무표정해서는 안 된다. 웃음 짓지 않으면 도도하기 그지없는 페르시아 고양이 상인 지혜에게 '싸가지 없다'는 수식어가 붙을지도 모른다.

너무 잦은 웃음도 곤란하다. 웃으면 눈매가 가는 붓으로 그린 초승달이 되는 지혜에게 '눈웃음친다'는 오명이 붙을지도 모른다.

아무 곳에도 속하지 않기 위해선 애매한 경계에 머물러야 한다. 상냥하지만 재미없는 사람임을 어필해야 한다는 강박이 지혜를 바짝 얼게 만들었다. 지혜는 임시방편으로 쉬는 시간마다 엎드려 있던 탓에 허리가 쑤셨다.

학교를 마치고 지혜는 한낮의 유령처럼 스르르 아이들의 틈바구니를 뚫고 학교를 나왔다. 온몸을 죄던 고삐가 한 번에 풀린 기분이었다.

그런데 이게 웬걸? 다른 고삐까지 풀려 버렸다. 꾸르르르르르륵. 웬 경운기 시동 소리가 배 속을 울렸다.

'윽, 이상하다. 아까 급식을 급하게 먹어서 그런가?'

세렝게티의 코뿔소처럼 근처 공원에 있는 화장실을 찾아 돌진하던 지혜가 교복을 입고 있는 누군가를 들이박았다.

"앗, 죄송합니다!"

바닥에 너부러진 핸드폰은 데굴대며 보도블록 바닥을 가로질렀다.

"하, 5년 만에 바꾼 폰인데 설마 깨졌겠어?"

낮은 음성이 몹시도 날카로웠다. 핸드폰의 주인이 손을 뻗어 핸드폰 액정을 확인하는 순간, 놀란 개구리처럼 지혜의 입술에서 먼저 말이 튀어나왔다.

"어! 깨졌다."

그 말과 동시에 지혜의 배 속이 다시 한 번 요동쳤다. 지혜는 배를 부여잡고 잔뜩 골이나 구시렁거리는 남자애에게 애원하듯 말했다.

"저기, 진짜 죄송한데요……. 빨리 화장실만 갔다 올게요."

남자애는 지혜가 도망갈까 봐 후다닥 가방을 붙잡았다. 살짝 치켜 올라간 눈매가 매섭게 일렁이고 있었다.

"아니, 이래 놓고 어딜 가요?"

신호는 더 요란해졌다. 지혜가 이를 꽉 깨물고 말했다.

"저 지금 진짜 급하거든요? 다녀와서 얘기하면 안 될까요?"

돌아서는 지혜를 세게 붙잡는 남자, 악력도 말투도 단호했다.

"34만 원 주고 가세요."

"34만 원이요?"

뜨악한 가격에 지혜의 데시벨이 높아졌다.

"액정 고치는 데 34만 6천 원이거든요? 6천 원은 제가 낼 테니까 34만 원 주세요."

"제가 지금은 그렇게 많은 돈이 없긴 한데, 아무튼 이따 갔다 와서 드릴게요."

넓은 어깨만큼이나 다부진 남자애의 눈빛이 지혜를 뚫어지게 바라봤다. 지혜의 이마에 식은땀이 났다. 이제 곧 34만 원을 능가하는 최악의 사태가 벌어질 것만 같았다. 부글대는 배 속만큼이나 지혜의 머릿속도 정신이 없었다.

지혜는 손가락으로 남자의 뒤쪽을 가리키며 외쳤다.

"어, 고릴라!"

"고릴라?"

남자애가 고개 돌린 틈을 타 지혜는 냅다 꽁무니를 뺐다. 말도 안 되는 임기응변이 예상 외로 잘 통하는 걸 보니 생각보다 순진한 남자애라고 지혜는 생각했다. 등 뒤에서 지혜를 부르는 소리가 들려왔다.

"아이 씨, 야!"

겨우 찾은 공원 화장실에서 지혜는 이제야 한시름 놓았다. 늪에서 막 건져 올린 사람처럼 구원받은 얼굴에는 핏기가 돌고 있었다. 하지만 곧 등골이 오싹해졌다. 휴지꽂이에는 휴지심만 덜렁 남아 있었다.

지혜는 다급하게 핸드폰 속 전화번호를 뒤졌지만, 낯선 서울 생활에 연락할 사람이 있을 리 없었다. 천국이 지옥으로 뒤바뀌는 순간, 발자국 소리가 들렸다.

지혜는 안심하며 칸막이 너머의 상대에게 말을 건넸다.

"저기, 저기요? 죄송하지만 제 부탁 좀 들어주시겠어요?"

"어, 뭐야? 여자 화장실이네. 죄, 죄송합니다."

당황한 상대방의 목소리. 남자였다. 하지만 이 상황에 따지고 자시고 할 게 없었다.

"괜찮아요. 가지 마세요. 제발 제 말 좀 들어 주세요."

"네?"

"저, 휴지가 없어서 그러는데 혹시 좀 빌려주시겠어요?"

"……저도 없는데. 죄송합니다."

"그럼 혹시 휴지 좀 사다 주실 수 있을까요?"

"아……."

매정하게 문 닫히는 소리에 지혜가 탄식했다.

"저기요, 저기요. 거기 계시죠?"

아무리 불러도 답은 없었다. 한참을 망설이던 지혜가 자신의 양말을 슬그머니 내려다보는 순간, 다시 발소리가 들렸다. 지혜가 또 한 번 도움을 요청하려 입을 떼는데, 문 아래로 불쑥 무언가가 들어왔다.

휴대용 티슈. 익명의 은인은 감사 인사를 건넬 시간도 주지 않았다. 쾅 소리를 내며 급하게 문 닫히는 소리가 났다.

화장실에서 나오자마자 지혜는 급히 당근마켓에 맥북을 올렸다. 곧 구매를 원한다고 연락이 왔다.

서울에 오기 위해 자신이 가진 물건 중 값나간다 싶은 것은 거의 다 팔았지만, 6년 전에 산 맥북만큼은 버리지 못한 지혜였다. 지혜는 맥북과 그 남자애의 핸드폰 액정 수리비의 가격이 같다는 게 도무지 믿기지 않았지만, 전학 첫날부터 남의 핸드폰을 깨 먹고 도망친 파렴치한으로 찍힐 순 없었다.

만남 장소는 공원 정문. 하얀 얼굴에 안경을 쓴, 딱 봐도 모범생인 남자애가 서 있었다. 지혜는 남자애의 등을 톡톡 두드리며 물었다.

"……당근이시죠?"

지혜는 품에 안은 맥북을 정성스레 쓰다듬었다.

"34만 원 맞죠?"

남자애는 대답도 듣기 전에 시원하게 돈을 꺼내 세었다. 그러다 잠시 멈칫했다. 안경 너머, 그 애의 눈동자가 예리하게 반짝였다. 돈을 쥔 손이 슬며시 뒤로 물러났다.

"하자 없죠?"

"어휴, 당연하죠. 이거 봐요, 흠집 하나 없잖아요."

지혜는 그렇게 말하며 남자애의 손에 들린 34만 원을 빼앗다시피 낚아챘다.

"어, 어……?"

"좋은 거래 감사합니다. 제가 시간이 없어서요."

맥북을 쥔 채로 황당한 표정을 짓는 남자애를 뒤로하고 지혜는 달리기 시작했다.

"저기……요? 아직 확인 못했는데, 괜찮겠지?"

멀어지는 지혜의 뒷모습을 보며 읊조리는 남자애의 목소리가 허무하게 흩어졌다.

"아, 어디 갔지?"

아직 30분밖에 안 지났는데 핸드폰의 주인은 보이지 않았다. 기껏 맥북까지 팔아서 돈을 마련했건만. 지혜는 지친 발걸음을 멈추고 나무 계단에 주저앉으며 한숨을 내쉬었다.

"음, 어쩔 수 없지."

지혜는 가방 옆 주머니에 돈을 대충 찔러 넣고 자리에서 일어났다.

서로의 드넓은 어깨를 옹기종기 맞대고 벤치에 나란히 앉은 남자 세 명.

"뭐지? 왜 한숨을 동시에 쉬지?"

삼인방 중 제일 살가운 석주가 두 친구에게 물었다. 기다리기라도 한 듯 오른쪽에 앉아 있던 호태가 자신의 핸드폰을 들이밀었다. 왼쪽 상단에 벼락이 친 모양으로 금이 가 있었다.

"너 이거 어제 산 거 아니야?"

"아까 갑자기 어떤 여자애가 치고 가는 바람에 떨어뜨렸어."

화낼 힘도 없다는 듯 나른하게 대답하는 호태에게 석주가 의아하다는 듯 되물었다.

"그럼 그 여자애는?"

"급하다면서 튀었어."

"와, 뭐 그런 게 다 있냐?"

석주는 자신의 일처럼 고개를 도리질하다 넋이 나간 진희 눈 앞에 손가락을 튕겼다.

"너는 왜 그러냐?"

"아까 당근으로 맥북을 샀는데 안 켜져."

배실배실 웃는 진희, 당황할 때의 습관이었다.

"그러니까 너 지금 직거래로 사기를 당한 거야?"

"예스."

"천하의 이진희한테 어떻게 그런 일이 생길 수 있지?"

"맥북 확인도 하기 전에 갑자기 돈 들고 튀더라. 괜찮아, 우리 학교 교복 입고 있었어. 잡으면 죽일 거야."

세상 달관한 부처의 웃음, 석주는 진희가 얼마나 화났는지 짐작할 수 있었다.

"오늘 우리 운명 완전 복붙이네. 나도 아까 공원 화장실에서 어떤 여자가 나한테 휴지를 사달라는 거야. 완전 어이상실."

"하, 내 핸드폰."

"후, 내 맥북."

셋은 다시 한숨을 내쉬었다. 그러더니 진희와 호태가 석주를 바라보며 동시에 말했다.

"여자? 화장실? 여자 화장실에 갔다고?"

"아, 그게……."

석주가 대답을 고르며 눈동자를 굴리는 사이 그들 앞으로 휭 하고 바람이 스쳤다. 정신없이 머리칼을 휘날리며 뛰어가는 사람을 확인한 호태와 진희가 동시에 외쳤다.

"그 여자애다!"

호태와 진희는 엉덩이에 용수철이라도 달린 것처럼 재빠르게 일어나 지혜를 쫓았다.

"저기요!"

진희가 지혜의 가방을 덥석 잡았다. 놀란 지혜가 뒤를 돌았다.

"어? 아까 그……?"

지혜가 말을 채 잇기도 전에 호태가 끼어들었다.

"아니, 폰을 깨고 도망가면 어떡해요?"

"정말 화장실이 급해서……."

진희도 따졌다.

"이 맥북 아예 안 켜지거든요?"

"네? 맥북이 안 켜져요?"

지혜의 순진무구한 얼굴에서는 사기 칠 의도 따윈 조금도 찾아볼 수 없었다. 지혜는 절로 쭈구리 모드로 돌입했지만 진희는 한낱 동정심에 휘둘릴 위인이 아니었다. 두 개의 손이 지혜의 턱밑에 불쑥 들어왔다.

"이거 빨리 환불해 줘요. 34만 원."

"빨리 내 폰 물어내요. 34만 원."

돌림노래처럼 반복되는 34만 원. 지혜는 가방 옆 주머니로 손을 뻗었다. 하지만 다시금 불길한 예감이 스쳤다. 뻥 뚫린 구멍이 서늘했다.

"어? 뭐지? 아까 분명히 여기에 넣었는데!"

가방을 이리저리 살펴봐도 돈이 나간 구멍만 있지 들어올 구멍은 없었다. '당신의 돈은 실종되었습니다.' 지혜의 귓가에 환청이 울렸다.

"저 돈 잃어버린 거 같아요. 주머니가 찢어졌어요. 아, 어떡하죠?"

"어떡하죠……? 아, 진짜 어이가 없네."

호태의 선득이는 눈빛에 지혜는 절로 뒷걸음쳤다.

"지금 장난하는 거죠?"

웃는 얼굴로 빈정대는 진희의 광기에 한 번 더 뒷걸음질.

아까처럼 도망이라도 갈까 봐 호태와 진희가 지혜를 막아섰다. 지혜가 자포자기하는 심정으로 고개를 숙였을 때 반가운 목소리가 불쑥 끼어들었다.

"어? 야! 너 최지혜 아니야?"

"맞는데, 저 아세요?"

"나 김석주. 너랑 초등학교 같이 다녔잖아! 난 6학년 가을에 전학 가긴 했지만."

그제야 석주를 알아본 지혜가 화들짝 놀랐다. 지혜보다 작던 땅꼬마가 어느새 훌쩍 자라 있었다. 생글생글한 눈매는 예전 그대로였다. 자신이 처한 위기를 잊은 사람처럼 지혜는 탄성을 쏟아냈다.

"김석주? 세상에, 너 왜 이렇게 컸어? 아예 몰라보겠어."

"내가 큰 게 아니라 네가 하나도 안 큰 거 같은데? 암튼 너 하나도 안 변했다."

갑자기 석주의 웃음소리가 뚝 끊겼다. 석주의 시선이 휴대용 티슈를 들고 있는 지혜의 손에 꽂혀 있었다.

"그 휴지, 너였냐?"

"응, 뭐가? 실마 아까 날 구한 은인이 김석주 너였어?"

지혜의 말에 석주가 너털웃음을 터뜨렸다.

"은인은 무슨. 그 사람이 최지혜 너일 줄이야."

석주가 뒤에 선 두 사람을 가리켰다.

"그나저나 인사해. 여긴 내 친구들. 핸드폰 망가졌다고 툴툴거리는 애는 손호태, 맥북 안 켜진다고 징징거리는 애는 이진희."

소개가 끝나자 호태와 진희가 기다렸다는 듯 산통을 깼다.

"지금 이 상황에 갑분 동창회? 참 나, 재회해서 기쁜 건 알겠는데."

진희가 호태의 말을 낚아챘다.

"돈부터 어떻게 하시죠?"

"그게 제가 돈이 아예 없어서……."

"경찰서에 신고할게요, 그럼."

지혜는 다짜고짜 폰을 꺼내 들고 흔드는 진희를 보며 아랫입술을 꽉 깨물었다.

"저 진짜 돈 없어요. 한 푼도."

석주가 기가 차다는 듯이 지혜를 노려보는 두 사람을 또 한 번 막아섰다.

"우리 이렇게 하자!"

석주의 제안은 이랬다. 지혜에게 돈을 갚는 시간을 주는 게 어떻겠냐고. 석주가 보증인이 되겠다고 자처하자 호태와 진희가 코웃음을 쳤다.

"말이 돼? 너 얘랑 그 정도로 친해?"

"뭐 열세 살 때는 그래도 꽤 친한 편 아니었나? 어쨌든 지혜야, 너 한 달 용돈 얼마야?"

석주의 물음에 지혜가 잠시 멈칫했다. 지혜에게 용돈은 없었다. 석주야 그렇다 치고 처음 보는, 그것도 불미스러운 일로 엮인 두 녀석에게 자신의 사정을 구구절절 설명하고 싶지 않았다. 지혜는 대충 8만 원이라고 얼버무렸다.

"오케이, 8만 원이라. 그럼 호태랑 진희한테 각각 매주 만 원씩 갚으면 되겠다. 그렇게 34주 동안."

34만 원이라니, 고시원 월세보다 비쌌다. 지혜의 머릿속에 돈 걱정이 흙먼지처럼 부유했지만 내색하지 않기로 했다. 이 아이들이 자신의 고난까지 알 필요는 없었다.

"야, 네가 인플레이션이 얼마나 심각한지 모르나 본데. 요즘같이 달러가 요동치는 시국에 34만 원이 34주 후에도 34만 원일 거라는 보장이 없어요."

날카로운 진희의 일격에 석주는 어이없다는 듯 입꼬리를 올렸다.

"너도 부모님한테 용돈 받아 쓰는 주제에 무슨 화폐 가치를 논하냐? 고리대금업자도 아니고. 친구들끼리 너무 깐깐하게 굴지 말자."

석주의 말에 호태와 진희가 작전 회의를 하는 사람들처럼 뒤돌아서서 한참 쑥덕거렸다. 그러고는 결연한 표정으로 다시 돌아섰다. 진희가 검지로 안경을 올리며 말했다.

"오케이. 그럼 호태랑 나한테 매주 만 원씩 갚아. 네가 석주 친구라고 하지만 신뢰를 위해 차용증이라도 써."

"그래, 좋다. 차용증. 근데 그거 어떻게 쓰는 건데?"

"음, 몰라."

호태의 질문에 진희는 왜 당연한 걸 묻느냐는 듯 해맑은 얼굴로 답했다.

"바보들. 인터넷에 검색해."

역시 이들 중 솔로몬은 석주였다. 남자 셋은 이제 지혜는 아랑곳 않고 머리를 맞댄 채 핸드폰을 들여다보았다.

그때 지혜의 핸드폰이 요란하게 울렸다.

"여보세요? 헉! 아, 시간이 벌써……. 지금 쏜살같이 달려갈게요. 정말 죄송합니다!"

지혜가 전화를 끊더니 운동화 끈을 동여맸다.

"일단 너희끼리 차용증 써서 나중에 줘. 나는 지금 빨리 가야 해서. 아, 그리고 난 치즈고 2학년 3반이야."

연습장을 찢어 차용증 쓸 준비를 하던 호태는 아까와 마찬가지로 꽁무니를 빼는 지혜를 멍하니 바라보다 엉거주춤 가방을 안고 덩달아 뛰기 시작했다.

"아이 씨. 우리 반만 해 가지고 발이 왜 저렇게 빨라? 걔 육상부야?"

지혜를 쫓아 헐레벌떡 뛴 셋이 숨을 헉헉 몰아쉬었다. 그들이 도착한 곳은 학교에서 15분 정도 떨어진 곳에 있는 카페 거리였다. 골목을 메우는 행인 틈에서 석주는 지혜의 뒤통수를 한번에 알아보았다.

"돈 떼먹고 감히 카페를 와? 진짜 황당하네."

호태가 구시렁거렸다.

"일단 여기서 기다렸다 기습하자."

"야, 지혜가 무슨 범죄자냐?"

진희가 탐정처럼 몸을 잔뜩 낮춰 속삭이자 석주가 못마땅하다는 듯 둘을 쳐다봤다.

"어? 어디로 사라졌지?"

카페 유리창에 얼굴을 바짝 댄 진희가 이상하다는 듯 안을 살폈다. 곧이어 앞치마를 두르고 단정하게 포니테일을 한 지혜가 나타났다.

한 손님이 주문을 하자 지혜가 해사한 웃음을 머금고 에스프레소 머신 앞으로 갔다. 한두 번 해본 게 아닌 솜씨였다.

"어서 오세요."

문에 달린 풍경이 달랑 소리를 내자 지혜가 경쾌한 목소리로 인사를 건넸다. 하지만 남자 무리를 보자 얼굴에 난처한 기색이 역력했다.

석주가 두 손을 모아 미안하다는 제스처를 취했다. 진희가 특유의 생글거리는 미소를 띠며 지혜 앞으로 성큼 다가갔다.

"여기 뭐가 맛있어요? 추천 좀 해 주시겠어요?"

여전히 말투에 가시가 있었다. 지혜가 살짝 눈치를 본 뒤 목소리를 가다듬었다.

"특별히 선호하는 원두가 없다면 오늘의 커피 추천 드립니다. 오늘의 원두는 플라워리한 산미감이 특징인 에티오피아 원두이거든요."

호태가 지혜의 말에 고개를 끄덕이더니 예측을 벗어난 주문을 했다.

"그래요? 그럼 딸기 라테 세 잔 주세요."

주문을 마친 세 남자는 카운터와 가장 가까운 테이블에 앉아 지혜를 뚫어지게 쳐다보았다. 마치 먹이를 갈구하는 아기 새의 눈빛으로, '34만 원 줘잉, 34만 원 왜 안 줘잉' 하고 닦달하는 것 같았다.

잠시 후, 그들 앞에 놓인 라테를 쭉 들이킨 호태가 아랫입술을 핥으며 말했다.

"여기 딸기 라테 엄청 맛있다. 가격도 학교 앞 카페보다 훨씬 저렴하고."

호태의 말에 진희가 맞장구쳤다.

"그러게. 노래 선곡도 되게 좋아. 우리 뭔가 되게 힙한 거 같지 않냐?"

셋은 진지한 얼굴로 카페 내부를 둘러보고는 마침내 아지트를 찾았다는 듯 공감의 끄덕거림을 주고받았다. 이윽고 샌드위치와 쿠키를 추가로 주문한 그들은 가방에서 참고서와 태블릿 피시를 꺼내 공부하기 시작했다.

그날을 기점으로 지혜가 "어서 오세요." 하면 능글맞은 웃음으로 "하이, 지혜!" 하고 대답하는 남자 무리의 방문은 쭉 이어졌다. 매주 월요일, 지혜가 돈을 갚을 때면 호태와 진희는 귀여운 고양이 캐릭터가 그려진 수첩을 꺼냈다. 차용증으로 사용하는 수첩이었다.

어느덧 지혜는 그들의 방문이 당연한 하루의 일과처럼 느껴졌다. 급기야 그들이 늦어지면 문가를 두리번거렸다. 넓은 어깨들이 옹기종기 문을 밀고 들어오면 지혜는 주문도 받기 전에 딸기 라테 만들 준비를 했다.

세 번째 수금이 이뤄진 오후, 지혜의 카페 아르바이트가 끝나자 네 사람은 골목을 나란히 걸었다. 뒤에서 차가 빵빵거리자 남자 무리가 본능적으로 지혜를 안쪽으로 끌어당겼다.

"최지혜, 앞에 조심. 물웅덩이."

석주가 지혜의 어깨를 감싸 옆으로 이끌어준 덕분에 지혜의 하나뿐인 운동화는 젖지 않을 수 있었다. 지혜는 간질간질한 기분에 놀라 어리둥절한 얼굴로 셋을 올려다보았다. 그런 다음 비시시 흘러나오는 웃음을 들키지 않기 위해 한참 고개를 들지 않았다.

아주 오랜만에 절로 흐르는 미소였다. 지혜는 깊은 꿈에서 깨려는 듯 두 뺨을 손바닥으로 탁탁 쳤다. 세 남자가 뭐하냐는 듯 그런 지혜를 물끄러미 바라보고 있었다.

"어서 오세요!"

"최지혜, 안녕."

오늘의 주문자는 호태였다. 진희와 석주는 카운터 바로 앞의 자리가 지정석인 양 자연스럽게 가방을 풀고 있었다. 지혜는 세 사람이 반가워 활짝 웃었다.

"무슨 좋은 일이라도 있어?"

호태가 능글맞은 얼굴로 묻자, 지혜가 어깨를 으쓱거리며 답했다.

"좋은 일은 무슨. 나 지금 최선을 다해 손님께 서비스하고 있는 건데?"

이들 앞에서는 뻔뻔하게 농담을 던질 수도 있는 지혜였다. 석주와 진희가 호태의 벙벙한 얼굴을 보며 한방 먹은 모습이 웃기다는 듯 키득키득 웃었다.

호태가 계산을 마친 카드를 받아들고 지혜에게 무심한 듯 말했다.

"오늘 저녁은 내가 쏠 거니까 너도 참석해."

"나? 내가 왜?"

"왜긴. 너도 내 친군데."

호태의 말에 지혜가 얼결에 고개를 끄덕였다. 하지만 자리로 돌아가는 호태의 뒷모습에서 눈을 뗄 수가 없었다. 호태가 거리낌 없이 내뱉은 '친구'라는 단어가 지혜의 마음속에 퐁당퐁

당 파문을 일으켰다.

지혜는 카페 일이 한산해지자 숨을 돌릴 겸 카운터 앞 키다리 의자에 앉았다. 카운터에 책 한 권이 놓여 있었다. 얼마 전 손님이 놔두고 간 분실물이었다.

모서리가 낡은 책은 페이지마다 줄이 그어져 있고 간단한 메모가 있었다. 오래된 책 특유의, 갓 구운 쿠키 같은 냄새가 났다.

지혜는 호기심에 책을 넘겼다. 페이지의 반이 접힌 부분을 조심스레 펼치니 빨간색 줄이 그어진 문장이 눈에 들어왔다.

우연이 세 번 겹치면 그것은 운명이 된다.

지혜는 어디선가 이 말을 들어 본 것 같았다. 하지만 제대로 기억나지 않았다. 이 문장이 영락없이 가슴에 꽂히는 기분이 들었다. 왜일까, 지혜는 곰곰이 생각에 빠졌다.

똑똑. 목재 카운터를 주먹으로 두드리는 소리에 지혜가 흠칫 놀라 고개를 들었다.

"무슨 생각해? 너 알바 시간 끝났어. 가자, 배고프다."

남자아이들이 가방을 메고 지혜를 기다리고 있었다.

"그래."

지혜는 고개를 끄덕이며 그들과 함께 카페를 나섰다. 당연하다는 듯 그들과 투닥거리며 장난을 주고받았다. 그러면서 전혀 당연하지 않았던 남자애들과의 첫 만남을 떠올렸다.

거짓말 같은 세 번의 우연, 친구가 되어 버린 셋. 이 아이들과 있으면 좀처럼 긴장되지 않았다. 지혜는 자신을 보호하기 위해 꽁꽁 싸맨 마음의 빗장을 조금은 풀어도 되지 않을까 생각했다. 지혜는 복잡한 생각을 내려놓고 그저 마음이 끌리는 대로 가 보기로 했다.

넷은 씩씩하게 발을 내디뎠다. 늦봄의 따스한 공기가 걸음마다 그들을 하나로 감쌌다.

2화 우리 집

지혜네 반 아이들이 운동장을 가로질러 교실로 가고 있었다.

"어이, 최지혜!"

운동장에서 드리블을 연습하던 호태가 지혜를 발견하고는 크게 외쳤다. 지혜는 못 들은 척 고개를 휙 돌렸다.

"뭐야, 왜 씹지?"

진희의 말에 호태는 이번엔 "어이, 최 씨!" 하고 손을 번쩍 들어 마구 휘둘렀다. 지혜 앞을 가로지르던 휴진이 지혜 대신 호태의 인사를 받았다.

"어? 호태야, 안녕!"

휴진이 활짝 웃으며 호태에게 손을 휘휘 흔들었다.

"아, 박휴진이 지혜네 반이었네."

호태가 얼른 손을 내리고 뒷걸음질을 했다. 작년에 호태와 같은 반이었던 휴진은 호태만 보면 질문 공세를 퍼부었고, 자신의 유튜브 구독자들에게 인사하라며 느닷없이 카메라를 들이댔다. 호태는 그런 높은 텐션을 좀처럼 감당할 재간이 없어 휴진을 은근슬쩍 피하는 중이었다.

누군가가 휴진 옆으로 다가와 너스레를 떨었다.

"오, 치즈고 얼굴 맛집 세 남자가 운동장에 행차하셨네. 걔네들 가끔 보면 좀 깨지 않냐? 생긴 건 멀쩡한데 뭔가……."

휴진이 미간을 살짝 찌푸리며 반격했다.

"야, 요새 '힘숨찐'이 인기인 거 모르냐?"

"힘을 숨긴 찐따? 에이, 걔네는 '지잘알못'에 더 가까운 거 아니야?"

"지잘알못?"

"지들이 잘 생겼는지 알지 못하는 것들."

휴진의 무리가 신나게 떠들어댔다. 지혜는 그 자리를 피하려 종종걸음으로 교실로 향했다.

호태가 안타까운 눈길로 점점 멀어져 가는 지혜의 꽁무니를 쫓으며 중얼거렸다.

"아직 친구 못 사귀었나? 볼 때마다 혼자 있네."

방과 후, 카페에 도착하자마자 호태가 다짜고짜 지혜에게 물었다.

"너 아까 우리 봤지?"

지혜가 무슨 말이냐는 듯한 표정을 지어 보이자, 호태가 얼굴을 바짝 들이밀었다.

"본 거 같은데?"

"뭐라는 거야, 진짜."

지혜가 얼굴을 홱 돌리고 창고 안으로 들어갔다. 진희가 호태에게 말했다.

"쉬는 시간에 오다가다 마주친 적도 없다니까. 이 정도면 우리를 피한다는 건데?"

진희가 목소리를 잔뜩 낮추며 말했다.

"우리가 좀 부끄러운 거 아닐까?"

"응? 대체 왜?"

석주가 눈을 동그랗게 뜨며 되물었다.

"……우리가 찐따 같아서?"

진희의 중얼거림에 호태와 석주는 잠시 생각에 잠긴 듯 입을 꾹 다물었다. 누군가 믿을 수 없다는 듯 중얼거렸다.

"그, 그런가?"

토요일, 호태는 정오를 넘겨 느지막이 침대에서 일어났다. 썰렁한 집안 공기를 가르고 부엌에서 물 한 잔을 마신 호태는 다시 침대에 누워 핸드폰을 들여다보았다.

「최지혜! 뭐하냐?」

호태가 지혜에게 카톡을 보냈다. 이윽고 답장이 왔다.

「당연히 일하지. 쓰레기 버리면서 잠시 숨 돌리는 중.」

지혜의 답문에 호태가 슬쩍 미소 지었다.

「우리 안 가니까 심심해서 일이 손에 잡히냐?」

「오늘 주변 공원에 축제 있어서 손님 엄청 많음. 올 생각 절대 하지 마.」

호태는 입꼬리를 내리고 흠, 하는 소리를 냈다. 한 번 더 카톡을 보냈지만 답이 없었다. 호태는 혼자서라도 카페에 가볼까 하던 생각을 접고 거실로 나가 닌텐도를 켰다. 게임을 하는 사이 여러 번 핸드폰을 들여다봤지만 지혜는 묵묵부답이었다.

호태는 카톡 알림 소리에 화들짝 놀라 게임 콘솔을 내려놓았다. 진희의 카톡이었다.

「뭐 함?」

「겜 중.」

답장을 한 뒤 거실의 커튼을 열자 해가 슬슬 꽁무니 뺄 준비를 하고 있었다.

"헐, 벌써? 그냥 동숲 한 번 했을 뿐인데."

호태는 그제야 허기짐을 느끼고 냉장고에서 우유를 꺼내 시리얼을 말아 먹었다. 진희가 카톡을 연이어 보냈다.

「너 오늘 카페 안 갔어?」

「응, 축제 때문에 손님도 많고 바쁘대.」

「그래서 지혜가 연락이 없구나.」

지혜와의 카톡을 확인해 보니 마지막 메시지의 1이 지워지지 않은 상태였다. 호태는 다시 석주에게 카톡을 보냈다.

「너 오늘 지혜랑 연락했냐?」

「안 그래도 물어볼 거 있어서 카톡 보냈는데 대답 안 하네.」

호태는 대충 점퍼를 걸치고 밖으로 나갔다.

조명이 하나둘 켜지기 시작한 카페 거리에는 평소보다 확실히 사람이 많았다. 삼삼오오 모여든 인파를 뚫고 호태는 지혜가 일하는 카페 앞에 도착했다.

"지혜 한 2분 전에 나갔어."

사장이 호태를 알아보고는 지혜의 퇴근 소식을 전해 줬다. 호태가 지혜에게 전화를 하려 하자 사장이 말했다.

"핸드폰 잃어버렸다고 하던데. 아직 못 찾았을 거야. 혹시 만

나기로 한 거면 얼른 뛰어가 봐."

호태는 카페를 나서 붐비는 사람들 사이를 헤집고 큰길 쪽으로 나갔다. 한참을 두리번거리는데 횡단보도 너머 건너편 인도에 지혜가 어떤 남자와 함께 서 있는 것이 보였다.

야구 모자를 쓰고 마스크를 착용한 남자였다. 멀리서도 지혜가 활짝 웃고 있는 게 느껴져 호태의 심기가 괜히 뒤틀렸다.

"……누구지?"

곧이어 지혜가 연신 허리를 숙여 남자에게 인사를 했다. 호태는 두 사람이 가까운 사이가 아니라는 결론을 내렸다. 어쩐지 안심이 된 호태는 지혜에게 가기 위해 신호를 기다렸다.

그때 남자가 지혜의 팔을 억세게 붙잡았다. 지혜가 팔을 빼더니 뒷걸음질 쳤다. 지혜는 결국 남자를 밀치고 전력 질주하기 시작했다.

위기를 직감한 호태는 초록 불이 켜지자마자 슬리퍼 한 짝이 날아갈 정도로 뜀박질했다.

"최지혜! 지혜야!"

지혜는 죽음에 쫓기는 사람처럼 달음질치고 있었다. 오히려 호태의 목소리에 지혜를 바짝 쫓던 남자가 뒤를 돌아봤다.

그는 호태를 확인했음에도 먹잇감에 집착하는 하이에나가

된 듯 집요하게 지혜를 쫓았다. 호태는 목표를 지혜가 아닌 남자로 바꿨다. 발을 휘저어 슬리퍼 한 짝을 마저 날려 버리자 오히려 뛰기 쉬웠다.

'그래, 최지혜. 돈 떼먹고 도망가던 그날처럼 달려!'

호태는 얄밉기만 하던 지혜의 달리기 실력이 오늘만큼은 안심되었다. 지혜는 중간에 한 번 휘청거렸으나 날다람쥐처럼 요리조리 움직이며 날쌘 솜씨로 위기를 모면했다.

남자의 스피드가 떨어지기 시작한 것을 눈치채고 호태는 이를 악물었다. 젖 먹던 힘까지 짜낸다는 말이 어떤 의미인지 온몸으로 체감했다.

지혜가 꺾인 골목으로 재빠르게 선회할 때, 호태는 가까스로 남자 옆에 따라붙었다. 그리고 온몸에 체중을 실어 어깨로 남자를 힘껏 밀쳤다.

"윽."

남자와 호태 모두 길바닥에 나동그라졌다.

"씨발."

분노 섞인 남자의 욕지기가 호태의 고막을 파고들었다. 호태의 왼쪽 손바닥이 바닥에 쓸려 피가 나고 있었다. 남자가 쓰레기 더미에서 술병 하나를 집어 들었다.

호태는 벽을 지지대 삼아 가까스로 일어났다. 호태도 쥘 것을 찾았지만 바닥에는 나뒹구는 전단지뿐이었다.

"당신 누구야."

호태의 물음에 남자는 대답 대신 쓰고 있던 마스크를 내리고 비릿한 미소를 지었다. 자만심으로 가득 찬 눈빛. 호태는 침을 꿀꺽 삼켰다.

영화 속 악당들과 달리 남자는 바로 본론으로 들어갔다. 맹렬한 기세로 달려드는 남자의 기습 공격을 운 좋게 피했지만 그가 들고 있던 술병이 벽에 부딪혀 깨졌다.

이제 술병은 첨예한 흉기가 되었다. 남자가 다시 달려들었다. 호태는 어린 시절 태권도장에서 배웠던 기술을 떠올리며 발차기 공격을 시전했다.

"으헉."

야구 모자가 훽 날아가고, 남자는 신음과 함께 쓰러졌다. 하지만 남자는 오뚜기처럼 일어나 술병을 휘둘렀다. 호태는 아랫입술을 깨물며 뒤로 주춤 물러났다.

그때 남자가 비명을 질렀다.

"으악!"

어느새 돌아온 지혜가 남자를 기습한 것이다. 순식간에 남자의 얼굴에서 빨간 액체가 흘러내리기 시작했다. 호태는 입을 떡 벌렸다.

지혜는 근처 횟집에 신고를 부탁한 뒤, 식탁에 놓여 있던 양념 통을 들고 우다다 뛰어왔다. 지혜는 소리를 지르며 양념 통을 쌍권총처럼 들고 힘껏 눌렀다. 새빨간 초장이 직선을 그리며 튀어 나갔다. 초장이 남자의 얼굴에 뒤덮여 시야를 가리자, 호태는 재빠르게 남자의 손목을 힘껏 차 병을 떼어 놓았다.

"으아아아, 이, 이거 뭐야!"

기세 좋게 후다닥 남자 앞으로 간 호태가 비눗물로 얼굴을 씻기듯 남자의 얼굴을 비벼댔다. 초장이 핏물처럼 남자의 얼굴 위에 번져갔다.

"따, 따가워! 여, 염산 아니야? 으아아아악, 내 눈!"

횟집 사장이 남자의 얼굴에 물을 뿌린 덕에 초장은 쓸려 내려갔지만 남자의 두 눈덩이는 벌겋게 부어 있었다. 남자의 절규는 경찰차가 골목에 들어서는 순간까지 이어졌다.

지구대 내부, 분위기와 어울리지 않는 청사과 빛깔의 파티션이 구획을 짓고 있었다.

"이거 다 오해라고요. 저는 그냥 여자애 핸드폰 찾아 준 죄밖에 없어요. 내가 왜 조사를 받아야 됩니까? 저 피해잡니다. 이 녀석들이 쇠고랑 차야 되는 거 아니냐고요!"

경찰은 말이 안 통한다는 듯 깊게 한숨 쉬었다.

"묻는 말에나 대답하세요. 저 학생은 왜 쫓아갔습니까?"

"쫓아가다니요? 이 애가 뭘 잘못 먹었는지 저를 갑자기 밀치는데 기분이 상해서……."

지혜가 남자의 말을 자르고 끼어들었다.

"아니에요! 이 아저씨가 저한테 집에 데려다준다고……. 혼자 사는 거 자기가 다 알고 있다고. 알바하는 곳이랑 학교도 아니까 도망쳐 봤자 자기 손바닥 안이라고 협박했어요."

"뭐? 핸드폰 찾아 줬더니 사례는커녕 어디서 개소리야? 요즘 십 대들이 이렇게 싸가지가 없단 말이야!"

남자는 목에 핏발이 서도록 소리를 질러댔다.

"조용히 하세요! 저기 학생, 이 사람이 핸드폰 찾아준 건 맞아요?"

"네, 그건 맞아요."

"그럼 뭐 물어볼 거 있어서 팔을 잡은 건 아닌가? 그걸 학생이 오해하고."

"잠깐만요."

경찰의 말에 호태가 미간을 찌푸리며 끼어들었다.

"지혜는 알바할 때 핸드폰을 항상 카운터에 올려놓거든요. 앞치마 주머니에 넣으면 걸리적거린다고. 맞지?"

호태의 물음에 지혜가 고개를 끄덕였다.

"잃어버린 게 아니라 저 사람이 들고 간 거 같은데요? 카페 안에서 돌려주지 않은 것도 이상하고. 이런 것도 살인 미수처럼 우발적이냐 계획적이냐에 따라 처벌이 달라지는 거 맞죠?"

남자는 눈알을 희번덕거리며 호태에게 삿대질을 했다.

"이 새끼가 뭐? 살인 미수? 계획적? 살인 미수는 니들이 했잖아. 어떤 인간이 사람 눈에 초장을 뿌려? 그게 사람이 사람한테 할 짓이야?"

지혜는 카페 사장에게 전화를 걸어 카페 내부 CCTV 영상 녹화 파일을 부탁했다. 사장은 서둘러 경찰서에 나타났다.

영상을 재생해 보니, 남자가 혼잡한 순간을 틈타 카운터 뒤쪽에 손을 뻗어 지혜의 핸드폰을 슬쩍하는 장면이 포착되어 있었다.

"아니, 오해라니까! 나는 저게 내 핸드폰인 줄 알았지. 으악, 내 눈! 눈이 너무 아파. 나 실명하면 여기 있는 사람들 싹 다 고소할 거야."

남자는 막다른 길에 몰리자 변호사를 부르겠다고 난리를 쳤다. 내내 남자의 얼굴을 미심쩍은 눈빛으로 바라보던 경찰 하나가 급히 다가와 말했다.

"경사님, 전에 신고 받은 건이랑 유사해서요. 물건 찾아 주더니 계속 따라왔다고 신고한 여대생 있잖아요. 찾아보니 그때 CCTV에 찍힌 사람이랑 비슷한 것 같아요. 와서 보실래요?"

이야기를 듣던 경찰이 날카롭게 남자를 쏘아보았다.

조사 끝에 남자의 핸드폰에서는 지혜를 비롯한 여학생의 사진이 가득하다는 사실이 밝혀졌다. 딱 봐도 몰래 찍은 사진이 확실했다.

"미성년자가 혼자 고시원에 사는 거 보면 몰라? 집에서도 내놓은 자식이 틀림없는데 챙겨 주는 게 무슨 죄라도 돼?"

남자는 죄의식 하나 없는 얼굴로 말도 안 되는 변명을 줄줄 내뱉고 있었다. 호태는 두 손으로 지혜의 귀를 막고 남자를 노려보았다.

잠시 대기를 하는 동안, 발바닥이 시커멓게 물든 호태와 머리가 산발이 된 지혜가 나란히 의자에 앉았다. 호태는 멍하니 앉아 있는 지혜를 물끄러미 바라봤다. 그동안 고시원에 혼자 산다는 걸 말하지 않은 걸 보면, 들키고 싶지 않은 현실이 여상

히 드러나 버린 게 분명했다.

먼저 말을 건네 볼까 했지만, 호태는 다시 입을 꾹 다물었다. 지혜의 손끝이 떨리고 있었다.

"손호태!"

그때 우렁찬 외침이 지구대에 울렸다. 투블럭 숏컷의 헤어스타일에 맥시 드레스를 입고 있는 중년 여성. 바로 호태의 엄마였다.

경찰의 설명을 듣고 서류를 작성한 뒤 세 사람은 지구대를 나왔다. 아들의 맨발을 본 호태의 엄마가 고개를 저었다.

"지혜라고 했지? 잠깐 얘기 좀 할까?"

호태는 혹여나 엄마가 지혜를 나무랄까 걱정이 되어 슬금슬금 그들을 향해 다가왔다.

"너 혹시 범죄 조직 같은 데에서 쫓기고 있는 중이야?"

"네? 아니요."

"그럼 크게 빚져서 독촉 받고 그러니?"

지혜는 고개를 저으며 속으로 생각했다.

'아드님이 채권자인 걸 아시면 당황하시겠지?'

그때 호태가 끼어들었다.

"엄마, 지금 뭔 소릴 하는 거야! 이상한 걸 묻고 그래."

"그런 거 아니면 됐어. 지혜라고 했지? 나도 너만 할 때 혈혈 단신으로 서울 올라왔어. 혼자 지내는데 학교도 안 빠지고 카페 알바까지 하는 거 보면 너도 참 애 많이 쓰면서 살고 있겠다. 무슨 사정인지는 안 물을게. 다만, 내가 부탁할 게 있어."

"네? 부탁이요?"

"네 사연을 안 이상, 어른으로서 도리는 해야지. 다시 고시원으로 가는 건 절대 안 돼. 사정 괜찮아질 때까지 우리 집에 있어. 고시원보다 지내긴 훨씬 편할 거야."

"네? 아니, 아니요. 신경 써 주셔서 감사합니다. 하지만 정말 괜찮아요."

"내가 안 괜찮아. 호태 아빠는 미국으로 유학 가서 내후년이나 돼야 오고, 나도 일 때문에 지방에 있어서 서울 집에는 잘 없어. 신세 져. 너 그래도 되는 나이야."

역정 내는 말투에 가려진 살뜰한 배려, 지혜는 호태가 자기 엄마를 꼭 빼닮았다고 생각했다.

"나 바빠서 지금 가 봐야 돼. 호태, 친구 잘 데리고 가. 가서 뭐 좀 든든하게 먹이고. 일 있음 연락해."

호태 엄마는 아들의 어깨를 가볍게 두드리더니 뒤도 돌아보지 않고 발걸음을 옮겼다.

"미안. 나는 그냥……."

지혜가 무언가 말하려는 찰나 호태가 말을 끊었다.

"치킨 먹을래?"

"어?"

"우리 엄마는 하나뿐인 아들이 이 꼴인데 괜찮냐고 묻지도 않네. 아오, 진짜. 일단 집에 가서 뭐라도 시켜 먹고, 짐은 내일 챙겨 오자. 발바닥 너무 따갑다."

호태가 지혜의 손목을 잡고 끌었다. 지혜는 터질 듯한 울음을 삼키느라 목울대가 저릿했다.

삐롱. 그때 호태의 핸드폰이 울려댔다.

「뭐 해! 왜 내 카톡 씹어?」

진희가 보낸 카톡이었다. 석주의 카톡도 몇 개 와 있었다.

「경찰서 다녀옴. 최지혜도 같이. 지금 치킨 먹을 거임. 우리 집에서.」

카톡을 보낸 뒤 20분도 안 되어 석주와 진희가 헐레벌떡 호태네 집으로 왔다. 그동안 지혜는 쭈뼛거리며 호태의 집안을 훑었다. 거지꼴을 한 호태와 지혜를 보자 두 사람은 말을 잇지 못했다.

"내가 모르는 사이에 전쟁이라도 일어난 건가?"

진희가 입을 쩍 벌리고 호태와 지혜를 번갈아 보았다.

"사실은……."

지혜는 오늘 있었던 일에 대해 차분히 설명했다. 진희와 석주는 치킨 부스러기가 입 밖으로 튀어 나오도록 스토커를 욕했다. 여동생이 있는 진희가 특히 더 분개했고 석주와 호태는 진희가 그렇게 다양한 욕을 구사하는 모습은 처음이라며 혀를 내둘렀다.

"부모님은 뭐라고 하셔? 엄청 놀라셨겠다."

진희의 말에 호태가 슬쩍 지혜의 눈치를 봤다.

"……나 부모님이랑 연락 안 해. 부모님 이혼한 뒤 엄마랑은 연락 끊기고 아빠랑 싸워서 무작정 서울 온 거야. 아빠 금 거북이까지 훔쳐 팔고."

일순간 정적이 휘몰아쳤다. 석주가 얼어붙은 분위기를 깨고 조심스럽게 입을 열었다.

"미리 말해 주지 그랬어. 우리가 뭔가 도울 수 있는 일이 있었을 텐데."

"쪽…… 팔려서."

지혜가 기어들어가는 목소리로 말했다. 비록 진실의 반만을 꺼내 보였지만, 그래도 모든 걸 털어낸 듯 마음이 후련했다.

고개를 푹 숙인 지혜를 힐긋 본 호태가 분위기를 쇄신하듯 박수를 짝짝 치며 말했다.

"고해성사는 여기까지 하시고, 이제 지혜 방이나 구경하러 가자."

"그러게, 지혜 어디서 지내?"

"우리 아지트."

호태의 말에 진희와 석주가 화들짝 놀라며 후다닥 다락으로 올라갔다.

다락은 아래층의 모던한 인테리어와 달리 잡지에나 나올 법한 북유럽 여행지를 떠올리게 만들었다. 창가에는 랜턴이 달려 있었고 천체 망원경이 놓여 있었다. 군데군데 놓인 박스들에는 연도별 스티커가 붙어 있는 것으로 보아 사진 앨범이나 호태의 어린 시절 자료 같았다.

나무로 된 벽면에는 귀여운 낙서가 그려져 있었다. 대부분 고양이 그림이었다. 삼나무 벽장에서는 은은한 나무 향기가 흘러나왔다. 다락 안에는 문이 하나 더 있었다. 열린 문틈을 들여다 보니 작지만 깔끔한 화장실이었다. 러쉬 매장 앞을 지나칠 때 맡았던 과즙 향이 풍기고 있었다.

바닥에는 돌돌 말린 양말, 하다 만 보드게임, 과자 봉지들이 너부러져 있었다. 딱 봐도 남자애들이 남긴 흔적이었다.

"아, 미안하다, 우리가 하도 어질러 놔서."

석주가 양말을 급히 주우며 말했다.

"괜찮아. 저기 구석에 이불 펴고 자면 돼."

"여기가 무슨 화물칸이냐? 왜 스스로 짐짝 취급이야?"

호태가 버럭 했다.

"그러게. 뭘 그렇게 예의 차려? 나한테 맥북 팔던 때처럼 뻔뻔하게 굴어."

진희의 말에 지혜가 웃으며 고개를 끄덕였다.

넷은 팔을 걷어 붙이고 다락방 청소에 돌입했다. 한참 뒤, 지혜는 자기 일처럼 돕는 세 사람을 만류했다.

"나머진 내가 할게. 벌써 12시 넘었어. 너희, 집에 안 가?"

땀을 뻘뻘 흘리며 다락을 정돈하는 석주와 진희를 보며 지혜가 걱정스럽게 물었다.

"괜찮아. 우리 부모님은 나 독서실에 간 줄 아셔."

진희가 대수롭지 않다는 표정을 지었다.

"우리 집은 호태네 간다고 하면 별 상관 안 해. 우리 엄만 나 보고 그냥 여기서 살래. 나 오늘 너랑 같이 잘까?"

석주의 말에 호태가 진저리를 쳤다.

"꺼져. 오늘은 네 코 고는 소리 감당할 체력이 없다."

"야, 이 가는 너보다 낫거든?"

뻑적지근하게 집들이를 마친 뒤 진희와 석주가 떠나자 집안엔 금세 적막이 감돌았다. 호태가 이불을 가져다주더니 어색하게 말했다.

"잘 자라. 내일은 매트리스도 깔아 줄게. 옷은 어차피 나한테 작아. 그냥 너 입어."

"고마워. 그리고 미안."

"고맙다는 말은 킵하겠는데 미안하다는 말은 내 핸드폰한테나 해."

"으, 지겨워. 돈 안 떼먹을 거거든?"

"잘 자라."

호태가 다락을 나가자 지혜는 섬유유연제 향기가 나는 뽀송한 이불 밑에 몸을 뉘었다. 시계 바늘이 새벽 2시를 향해 바삐 움직이고 있었다.

많은 일을 겪은 하루였지만, 얼마 만에 얻은 쾌적함인지 누워만 있어도 피로가 가시는 것 같았다. 혼자라고 생각했지만 오늘 하루 자신을 도와준 친구들과 어른들을 생각하자 모든 게 꿈만 같았다. 눈을 감으면 이 모든 것들이 흩어져 버릴까 봐,

지혜는 말간 눈으로 오래 뒤척였다.

그 시간 바로 아래층, 똑같은 위치에 누워 있던 호태는 세차게 뛰어대는 자신의 심장이 오늘의 액션 활극 탓인지, 아니면 지혜 탓인지 몰라 한참을 뜬눈으로 지새웠다.

"에잇."

호태는 이불을 머리끝까지 뒤집어 썼다. 지혜가 다락방에 있다는 사실이 이상하게 마음을 덥혔다.

다음 날 아침, 두 사람은 퉁퉁 부은 서로의 눈을 보며 서로를 신나게 놀려댔다.

"어? 호태다!"

늦은 밤, 학원에 가기 위해 번화가 사거리를 걷던 휴진은 짐가방을 나눠 든 호태 무리를 보았다. 인사를 하려던 휴진은, 그들의 우뚝 솟은 어깨 아래에 가려져 있던 지혜의 등장에 잠시 멍해졌다.

'엥? 쟤가 왜 저기 있지?'

남자애들이 낑낑대는 지혜의 짐을 뺏어 들었다. 호태는 평소엔 볼 수 없는 표정으로 지혜에게 연신 메롱거렸다. 지혜는 으름장을 놓듯 주먹을 휘두르며 호태와 깔깔거렸다.

휴진은 평소 내성적인 지혜의 반전에 놀라 입을 다물지 못했다. 석주와 진희는 스스럼없이 지혜의 머리칼을 헝클였고 지혜는 웃음으로 화답하며 그들과 어깨를 치받았다. 위화감이란 눈을 씻고 찾아도 볼 수 없었다.

휴진은 그제야 지혜와 호태 무리에 관련된 소문을 들었던 기억이 났다. 전학 온 지 얼마 안 된 지혜가 삼인방과 가까이 지내는 걸 봤다는 목격담이었다. 사교성이라곤 눈곱만큼도 없는 지혜였기에 휴진은 대수롭지 않게 그 소문을 넘겼었다.

다음 날, 휴진은 등교하자마자 지혜의 책상 앞으로 제일 먼저 달려갔다.

"지혜야. 나 하나만 물어봐도 돼?"

"어떤 거?"

"너 혹시 학교에서 친한 애들 있어?"

"나? 글쎄, 그다지 친한 사람은 없는데……."

지혜는 차마 휴진의 눈을 똑바로 마주볼 수 없었다. 악의가 없는 거짓도 거짓이니까.

"그건 왜?"

"네가 학교 밖에서는 남자애들하고만 어울린다는 둥 뭐 그런 이야기를 들었거든."

휴진의 말에 지혜는 심장이 쿵 내려앉는 것 같았다.

"누가 그런 말을 해?"

"말 지어내기 좋아하는 애들이지 뭐. 너도 알고 있는 게 좋을 거 같아서 말하는 거니까 기분 나빠하지 마. 질투하니까 괜히 그런 소문 만들어 내는 애들 있잖아."

"으응."

"그런 의미에서 내가 제안 하나 해도 돼?"

휴진을 바라보는 지혜의 눈빛엔 경계심이 서려 있었다.

"나랑 친구 할래? 아무래도 네가 학교에서 주로 혼자 있으니까 괜히 트집 잡히는 거 같아서. 나도 남자애들이랑 잘 논다는 이유로 어장 관리한다는 소리 듣곤 했거든."

휴진이 지혜의 어깨에 살짝 손을 올리며 물었다.

"이따 점심 먹고 나랑 잠깐 산책하자."

강렬한 휴진의 눈빛에 지혜는 차마 거절을 말할 수 없었다.

점심시간, 휴진이 지혜를 데리고 간 곳은 학교 안 후미진 쉼터였다.

"가끔 혼자 있고 싶을 때 여기 와. 나뭇잎이 울창해서 자외선 피하기 딱 좋거든."

"응, 그러네."

지혜는 휴진의 낯선 모습이 왠지 싫지 않았다. 조용히 걷던 휴진이 지혜에게 자신의 팔을 불쑥 내밀었다.

“이거 봐라, 이번에 반클리프에서 나온 신상. 아빠가 출장 갔다 오면서 사준 거.”

지혜는 당황스러워 어색하게 미소만 지었다.

“내 머리핀은 어때? 이번에 미우미우에서 새로 나온 건데.”

지혜의 눈에는 별다른 특징 없는 똑딱이 핀이었다.

“예쁘네……. 음, 아빠가 잘해 주시나 보다.”

“표면적으로는.”

지혜가 아리송한 표정으로 휴진을 바라보자 휴진이 다시 입을 열었다.

“직접 정성 쏟기 싫으니까 이런 거 사다 주는 거야. 양심의 가책 덜어 내려는 수작이지 뭐. 마지막으로 식사 같이한 게 오년 전쯤? 마음 같아선 엄마한테 가고 싶은데, 부모님 이혼하고 엄마는 일 년 만에 재혼했거든.”

지혜는 갑작스러운 휴진의 고백에 눈을 동그랗게 뜨고 문장을 골랐다.

“많이 놀랐구나?”

휴진이 지혜의 말을 기다려 주지 않고 말했다.

"어, 조금. 그런데 왜 나한테 그런 이야기를 하는 거야?"

"……나랑 친한 친구들은 같이 놀면 재밌는데 깊은 이야기까지 하기에는 좀 그렇달까? 동정 받을까 봐 겁나기도 하고. 그래서 그냥 너한테 말하고 싶었어. 넌 뭐랄까, 좀 달라."

"내가 왜?"

"너 책 많이 읽잖아. 저번에 문학 시간에 쌤이 그랬어. 책 많이 읽는 사람은 다른 사람을 잘 이해해 준다고. 또 할 말만 하는 거 보니까 입도 무거울 거 같고."

"아……."

"비밀 지킬 거지?"

지혜는 고개를 끄덕였다. 휴진을 잘 알진 못하지만 그 외로움만큼은 누구보다 공감할 수 있었다.

"그럼 우리 이제 친구 하는 거다. 오키?"

휴진이 느닷없이 팔짱을 꼈다. 지혜는 쭈뼛거리며 휴진이 이끄는 대로 걸었다.

그 이후, 지혜는 학교에서 항상 휴진과 함께 있었다. 비밀을 나누고, 휴진과 가까운 사이가 됐지만 여전히 불편함은 있었다. 남자 무리와의 관계에 대해 한 번 부인해 버린 뒤라, 이제 와서 정정하기가 애매했다. 호태 이야기가 나올 때마다 아무것도 모르는 척 미소만 짓고 있어야 하는 것도 쉽지 않았다.

호태네 집에서 지내고 있다는 것도 휴진에게 밝히고 싶지 않았다. 지혜는 자신의 상황을 설명하는 일이라면 신물이 났다. 이런 지혜의 마음을 알 리 없는 휴진은 지혜가 한발 물러서면 그만큼 보폭을 늘려 성큼 다가왔다.

"안녕하세요, 고객님들! 여기는 뉴 페이스 제제, 구독자님께 인사 한번 해 주세용."

등교한 지혜가 자리에 앉자마자 휴진이 대뜸 핸드폰 카메라를 들이댔다. 지혜가 본능적으로 고개를 숙였다.

"제제, 뭐야? 얼굴 좀 들어 봐."

휴진은 지혜에게 애칭까지 지어 준 참이었다. 지혜는 손사래를 치며 말했다.

"휴진아, 나 카메라 어색해서 싫어."

"그냥 가만히 있어도 된다니까."

동영상 녹화가 꺼지는 알림음이 들리자 그제야 지혜가 고개를 들었다.

"그냥 네 친구들이랑 찍으면 안 될까?"

"나 정말 서운할라 그런다? 넌 내 친구 아니라는 거야?"

휴진은 막무가내였다.

"뭐야, 최지혜? 휴진이 누구랑 브이로그 찍자고 한 적 없어. 나 같으면 벌써 찍었겠다. 되게 튕기네. 휴진아, 나랑 찍자. 응?"

휴진을 따르는 무리 중 하나가 지혜에게 핀잔을 주었다. 휴진은 씨알도 안 먹히는 소리라는 듯 그 아이의 말을 가뿐히 무시했다.

"상큼한 고딩 시절 남기고 싶은데 제발 안 될까? 나 우리 예쁜 제제 자랑하고 싶단 말이야. 응? 하는 거다?"

휴진은 물러설 기세가 없었다. 지혜에게 핀잔을 줬던 여자애가 눈을 흘기고 있었다. 지혜는 어쩔 수 없다는 듯 입을 뗐다.

"그럼 진짜 잠깐만……."

지혜의 기어들어가는 목소리에도 휴진은 기뻐하며 지혜를 와락 끌어안았다.

"꺄, 역시 내 친구! 내가 진짜 예쁘게 찍어 줄게."

다음 날, 휴진은 고가의 미러리스 카메라를 가지고 학교로 왔다. 요란한 촬영 후 며칠 지나지 않아 휴진이 지혜에게 카톡으로 유튜브 링크를 보내왔다.

「제제, 나 영상 올렸엉. 내가 너 보정해서 실물보다 더 예쁘게 나오는 거 알아? 편집하느라 힘들어 뒤지는 줄. '좋아요' 눌러주는 거 알지? 내가 확인할 거야!!!」

「응, 알겠어.」

지혜는 휴진의 채널에 들어갔다. 지혜는 채널 홈에서 구독을 누르려는 순간 2만이란 구독자 숫자에 크게 놀랐다.

영상 속에서는 긴장한 듯 뻣뻣하게 인사를 건네는 지혜가 등장했다. 무엇보다 당황스러운 건 메이크업 어플로 보정한 자신의 얼굴이었다. 뾰족한 아이라인과 붉은 립이 더해져 인상이 매섭게 느껴졌다.

지혜는 벌레라도 본 듯 으, 하는 소리를 내며 영상을 껐다. 댓글을 보니 구독자가 거의 또래인 것 같았다. 불현듯 우유고 아이들이 이 영상을 볼지도 모른다는 생각이 들자 등줄기가 서늘해졌다.

지혜는 애써 불안한 마음을 잠재우며 겨우 잠자리에 들었다.

3화
믿음과 오해

호태는 빈 현관을 보고 오늘도 지혜가 먼저 등교했다고 생각했다. 호태와 나란히 등교하는 모습을 학교 아이들에게 보일 수 없었던 지혜의 결단이었다.

호태가 떠난 고요한 집안, 얼마 지나지 않아 다락에서 지혜의 비명이 들려왔다. 사실 지혜는 늦잠을 자는 중이었다. 부랴부랴 교복을 입은 지혜는 미친 듯이 학교로 뛰어갔다.

드르륵. 교실 문을 열자 반 아이들의 시선이 지혜에게 쏠렸다. 다소 움츠린 채 자리에 앉는데 휴진이 지혜를 돌아보며 입을 삥긋댔다.

"지혜야……."

지혜가 무슨 일이냐고 되물으려던 찰나 담임선생님이 교실로 왔다. 조례가 진행되는 가운데 아이들의 시선이 자꾸만 지혜 쪽으로 향했다. 지혜는 영문을 몰라 눈동자만 굴렸다.

쉬는 시간, 휴진이 울상을 지으며 지혜에게 다가왔다.

“지혜야, 너 괜찮아? 내가 진짜 너무 미안해.”

“응? 무슨 일 있어?”

“어머, 너 아직 못 봤구나?”

어리둥절한 지혜 앞에 휴진이 자신의 핸드폰을 들이밀었다. 휴진의 채널, 엊그제 올린 영상의 조회 수가 이미 만을 넘어서고 있었다.

“이것 좀 봐.”

지혜는 아무 생각 없이 댓글을 보았다.

「관상 이즈 사이언스!」

「휴진 님 어쩔, 빠른 손절만이 답인 듯하네요.」

「확신의 여우상.」

「ㅋㅋㅋ 쟤 유명했지.」

호의적이지 않은 댓글이 가리키는 대상이 설마 자신일까 의심하는 찰나, 휴진의 손이 멈춘 곳에서 지혜는 그만 헉 하고 숨이 막혔다.

「영상 속 최지혜의 실체가 궁금한 사람은 여기 클릭!!」

댓글에는 인스타그램 링크가 태그되어 있었다. 휴진이 링크

를 클릭했다.

프로필에 지혜의 사진이 걸려 있는 인스타그램 계정. 피드에는 지혜가 우유고에서 남자인 친구들과 찍은 사진, 지혜가 전학을 가게 된 이유, 지혜와 관련된 소문 같은 것들이 일사불란하게 업로드 되어 있었다. 악의적으로 편집해 올린 사진들은 지혜가 찰나에 지었던 차가운 표정을 담고 있었다.

아침에 올라온 인스타그램 스토리는 더 가관이었다. 우유고 교복을 입은 지혜가 교실 뒤편에서 누군가에게 소리를 지르는 동영상이었다. 영상 아래에는 「억울한 척 연기하는 최지혜. 소름」이라는 글과 함께 최지혜에 대한 제보를 받고 있다고 쓰여 있었다.

지혜는 도리어 마음이 착 가라앉았다. 지금 당장 해결할 수 없는 문제 앞에서는 차분하게 행동해야 한다는 걸, 부모님의 이혼과 우유고에서의 사건을 통해 배웠다. 그 모든 불행으로부터 도망쳤다고 생각했지만, 박제된 오해는 여전히 지혜를 따라다니고 있었다.

"나 때문이야."

휴진이 의기소침한 표정을 숨기지 못하며 말을 이었다.

"구독자들이 너 귀엽고 예쁘다면서 누구냐고 묻길래 아무 생각도 없이 우유고에서 전학 왔다고……. 내가 댓글에 써 버렸어. 누가 널 알아봤나 봐. 진짜 미안해."

휴진이 눈물을 글썽거렸다.

"무슨 말인지 알겠어. 괜찮아."

휴진이 눈가를 훔치며 물었다.

"근데 지혜야, 이 인스타그램에 있는 말들…… 사실이야? 아니지?"

이간질 전략가, 어장관리의 달인, 남자 밝히는 여우. 인스타그램 속 지혜는 괴물이었다.

댓글에는 지혜도 아는 아이디들이 보였다. 한때 친구였던 우유고 아이들이었다. 말끔히 풀지 못한 오해는 사그라들기는커녕 전보다 더 크게 몸집을 부풀린 상태였다. 지혜는 어디서부터 설명해야 하나 망설였지만 지금은 그럴 기분이 아니었다.

지혜는 어쩌면 자신에게 불행의 중력이 있는 게 아닐까 생각했다. 수업 시작을 알리는 종소리가 울렸지만 지혜를 향한 웅성거림과 시선은 수그러들지 않았다.

무슨 정신으로 하루가 갔는지도 몰랐다. 지혜에게 말 거는 사람이 아무도 없는 날이었다. 지혜는 그 편이 오히려 좋았다. 하교할 준비를 하는데 휴진이 다가왔다.

"너무 미안해, 정말. 일이 이렇게 커질 줄은 몰랐어."

휴진이 다시 울먹이며 다가왔다.

"괜찮아. 그만 울어."

그때 누군가가 휴진의 등을 쓸어내리던 지혜의 손을 세게 내쳐 버렸다. 휴진의 무리 중 목소리가 제일 큰 신자영이었다. 자영은 잔뜩 흥분한 얼굴로 지혜에게 따졌다.

"최지혜, 너는 휴진이한테 미안하지도 않냐? 너 때문에 휴진이가 피해 보잖아."

휴진이 자영의 팔을 붙잡더니 말했다.

"그만해. 아직 진짠지 가짠지도 모르잖아."

"휴진아, 이거 봐."

자영이 핸드폰을 휴진에게 내밀었다. 고등학생 가입 수 최대라 불리는 네이버 입시 카페였다. 커뮤니티 방에는 우유고에서 지혜와 같은 반이었음을 인증하는 사진과 함께 지혜가 한 남학생을 독차지하기 위해 벌인 행적들이 쓰여 있었다.

"이거 봐, 애스크에 최지혜 무물도 올라왔더라. 얼마나 인성 쓰레기면 편 들어 주는 사람 하나 없냐? 이 정도면 말 다 한 거 아니야?"

자영이 스크롤을 내리자 지혜가 벤치 앞에서 남자애에게 입

맞춤을 하는 듯 몸을 한껏 기울인 모습이 담긴 사진이 보였다. 늦은 밤 번화가 앞에서 남자애들 사이에 섞여 있는 지혜의 사진 아래에는 짤막한 글이 달려 있었다.

「며칠 무단결석하고 쌤이 참다못해 애들한테 최지혜 수배 내린 날 저녁, 중심 상가에서 남자들이랑 저 지랄 중이었음.」

"휴진아, 너는 바보같이 착해 가지고."

자영이 휴진을 자신의 쪽으로 잡아당겼다. 지혜는 아무 말도 없이 그 자리를 벗어났다.

어차피 사람들은 자신이 보고 싶은 것만 봤다. 적극적인 해명은 변명으로, 명확하지 못한 사실관계는 거짓으로. 아이들은 사건의 진실보다 지혜를 미워하는 일 자체를 즐기는 것 같았다.

지혜는 설거지를 하며 자꾸만 컵을 떨어뜨렸다. 손님들이 깜짝 놀라 지혜를 쳐다보았다. 다른 날보다 더 집중해 컵을 씻어내는 통에 어깨와 팔이 저려 왔다. 얼마 지나지 않아 카페 문이 열리고 삼총사의 목소리가 들려왔다.

"하이, 지혜!"

평소처럼 세 명이 동시에 입을 맞춰 외쳤다. 커뮤니티라고 해봤자 게임이나 스포츠 갤러리만 드나드는 그들은 지혜에게 오늘 무슨 일이 일어났는지 모르는 듯했다.

"알지? 라테는 말이야, 딸기란다. 최지혜, 내 말 듣고 있어?"

석주가 지혜와 시선을 맞추기 위해 고개를 기울이며 물었다. 지혜는 정신없이 재잘대는 삼인방이 오늘따라 더욱 고맙게 느껴졌다.

울리는 진동벨에도 움직일 생각이 없는 남자 무리에게, 지혜가 트레이를 들고 다가갔다.

"자, 딸기 라테."

지혜가 라테를 테이블에 올려놓자, 진희가 화들짝 놀라 핸드폰을 놓쳤다. 손에서 미끄러진 핸드폰에는 아까 학교에서 보았던 입시 카페 글이 펼쳐져 있었다. 진희가 당황한 듯 안경테를 매만지며 말했다.

"우리가 게시글이랑 댓글에 다 신고 누르고 있었어."

진희의 말에 지혜가 건성으로 고개를 끄덕였다. 남자 무리도 언젠가는 알게 될 일이었지만 그 순간이 너무 빨리 온 것 같아 지혜는 시무룩해졌다.

"괜찮아?"

석주가 지혜를 올려다보며 말했다. 지혜가 말없이 고개를 끄덕이는데 진희가 미간을 잔뜩 찌푸렸다.

"뭐야? 방금 여기 댓글에 우리 사진도 올라왔는데?"

방금 인스타그램 스토리에 함께 있는 네 사람의 모습이 저격 글과 함께 올라왔다.

「눈웃음치는 거 봐라. 개버릇 남 못 주고 치즈고에서도 부지런한 낚시질.」

남자 무리가 황급히 창밖을 내다봤지만 사람이 많아 누가 찍었는지 알 수 없었다.

"안 되겠다. 카페 관리자한테 신고 메일 보내야겠다."

진희가 바쁘게 손을 놀리고, 석주는 교복 넥타이를 느슨하게 풀며 말했다.

"이것들이 선 넘네?"

지혜는 차분한 목소리로 셋에게 말했다.

"너희들, 이제 여기 오지 마. 나랑 엮여서 괜히 오해받겠다. 미안."

"최지혜, 미안하다는 말 좀 하지 말라니까."

호태의 목소리가 날카로웠다.

그날 삼총사는 말이 없는 지혜를 바라보다가 평소보다 일찍 카페를 나섰다. 지혜는 외로운 마음이 들면서도 차라리 잘됐다고 생각했다.

집으로 오니 호태가 아무 일 없다는 듯 게임을 하며 지혜에게 인사했다. 지혜는 다락으로 올라가 얼른 씻고 이불속에 몸을 묻었다. 다행히 네이버 카페의 글은 지워진 상태였다. 다만 휴진의 유튜브는 댓글 기능이 막혔을 뿐, 영상은 그대로였다.

몰래 찍힌 사진들은 저격 인스타그램으로 옮겨가 난도질 당하고 있었다. 지혜는 휴진에게 영상을 내려달라고 말하려다 관두었다. 또 다른 오해를 부를 것 같았다.

멍하니 앞날에 대한 고민에 젖어 있을 때 호태의 목소리가 들렸다.

"최지혜, 뭐 안 먹어도 돼? 그냥 잘 거야?"

지혜는 이불을 머리끝까지 올렸다. 호의에 응답할 기운이 하나도 없었다.

다음 날, 눈을 뜨니 호태가 채근하듯 방문을 두드리며 지혜를 부르고 있었다.

"최지혜, 일어나!"

밤새 뒤척인 탓에 지혜는 온몸이 무겁게 가라앉는 것 같았다. 지혜는 힘겹게 일어나 문을 열었다. 호태가 걱정스러운 눈빛으로 지혜를 바라보고 있었다.

"학교 가야지."

"아, 그래. 너 준비 다 했네? 잘 가."

지혜가 씻고 아래층으로 내려오니 호태가 서 있었다.

"너 아직 안 갔어? 먼저 가."

하지만 지혜의 말에도 호태는 끝까지 지혜를 기다렸다 함께 집을 나섰다. 지혜와 호태는 한동안 말없이 길을 걸었다. 학교 앞에 다다르자 석주와 진희가 그들을 기다리고 있었다.

"지혜, 너 일로 와."

석주가 쭈뼛대는 지혜를 끌어당겼다. 호위무사처럼 지혜를 둘러싼 남자 무리를 보자 지나가던 아이들이 힐끔거렸다. 삼총사는 아무 일도 없다는 듯 재잘거렸다.

아이들은 부산스럽게 쉬는 시간을 즐겼다. 책상에 엎드린 지혜의 곁을 아이들이 무심한 얼굴로 지나치고 있을 때, 교실 안으로 우렁찬 외침이 밀려왔다.

"최지혜!"

복도 쪽 창가 위로 남자 셋의 머리가 우뚝 솟아 있었다. 아이들 눈이 휘둥그레졌다. 석주가 싱긋 웃으며 창가 아래에 있는 여자애에게 부탁했다.

"안녕. 지혜 좀 깨워 줄래?"

여자애가 눈을 굴렸다.

"……너희 지혜 소문 못 들었어?"

"들었어. 근데 그게 왜? 너 그 소문 믿어?"

"글쎄, 나는 모르지."

"모르는데 왜 그렇게 말해?"

"그거야……. 사진 증거도 있으니까."

그때 석주가 허리를 숙여 여자애에게 바짝 다가갔다. 그리고 천천히 귓가에 속삭였다.

"우리가 이렇게 있는데 누군가 교묘하게 우리 사진을 찍고 말을 만들어서 올린다면? 사진 증거가 있지만 그것도 사실이 될까?"

"난 그런 애 아니잖아."

"지혜도 그런 애 아니야."

석주의 단호한 말에 여자애가 빨개진 얼굴로 자리에서 벌떡 일어났다. 지혜가 부스스한 모습으로 그들을 바라보았다. 삼인방이 그런 지혜에게 반갑다는 듯 손을 휘휘 흔들었다. 지혜는 복도로 나가 세 사람을 마주했다.

지혜를 보자마자 진희가 이마를 가리키며 씩 웃었다.

"야, 너 이마에 자국 났다."

피식 웃음이 나왔지만 아이들이 그들을 힐끔거리자, 지혜가 작은 목소리로 속삭였다.

"얼른 가. 너희도 오해 사겠어."

하지만 호태가 모두가 들으라는 듯 큰 소리로 말했다.

"오해하라 그래. 매점이나 가자."

휴진은 활짝 열린 교실 문 너머, 네 사람을 발견하고는 손톱을 자근자근 깨물었다. 자영이 휴진의 눈치를 보며 교실 문을 세게 닫았다.

그 이후에도 삼총사는 급식실이며 복도, 운동장에서도 지혜가 보이기만 하면 이름을 크게 부르며 다가왔다. 지혜는 마음속에 커져가는 고마움과 미안함을 지울 수 없었다.

마지막 교시가 다가오자 지혜는 보건실로 향했다. 지끈거리는 두통에 지혜는 보건실 침대에 누워 머리끝까지 담요를 덮어썼다. 꾹꾹 참았던 설움이 밀려오는 것 같았다.

허무맹랑한 소문이나 따돌림보다 지혜를 가슴 아프게 만드는 것은, 애초에 자기가 처신을 잘했어야 했다는 조언을 가장한 질책이었다. 우유고에서의 사건이 떠오르자 지혜는 깊은 한숨을 쉬었다.

부모님의 이혼 후 지혜가 느낀 혼돈은 이루 말할 수 없었다.

부족한 자신 때문에 엄마가 떠난 것일지도 모른다는 자책, 그 누구에게도 사랑받을 가치가 없을지도 모른다는 불안감. 전처럼 웃지 않고 말수가 줄어든 지혜의 모습에 친구들은 거리를 뒀다.

이 세상에 마음을 나눌 사람이 없다고 생각했던 무렵, 그 애가 나타나 지혜에게 고백했다.

'좋아해, 최지혜.'

학교에서 인기가 많은 그 애를 지혜도 잘 알고 있었다. 지혜가 밀어내도 그 애는 끈질기게 다가왔다. 지혜는 점차 마음을 열었다. 어떤 아픔을 고백해도 떠나가지 않을 상대가 생겼다고 여겼다.

하지만 착각이었다. 사실 여자 친구가 있었던 그 애는, 학교 아이들에게 지혜와의 관계가 들통 나버리자 거짓말을 하고 그 거짓말을 덮기 위해 더 큰 거짓말을 했다. 지혜에게만 쏟아지던 비난과 억측. 애초에 처신을 잘 했어야 한다는 학교 아이들의 가시 박힌 말들은 점차 눈덩이처럼 불거져 노골적인 괴롭힘과 따돌림으로 둔갑했다.

지혜는 그때를 생각하며 몸을 떨었다. 지금과 별반 다를 게 없었다. 도망쳤다고 생각했는데, 결국 제자리 걸음이었다.

남자 무리는 하굣길에도 지혜를 기다리고 있었다.

“어? 너 열나는데?”

석주가 상기된 지혜의 얼굴을 보더니 손등으로 이마를 짚으며 말했다. 지혜가 살짝 뒷걸음치며 석주의 손을 피했다.

“괜찮아. 그냥 좀 더워서 그래.”

“너 오늘 알바 쉬어야 되는 거 아니야?”

“치, 나만 보면 돈 갚으라고 닦달하면서. 나 겨울에도 감기 한 번 안 걸리는 체질이야.”

지혜가 씩씩한 척 보폭을 크게 늘려 앞으로 나아갔다. 아이들이 호태네 집으로 들어가는 지혜를 쫄래쫄래 따라왔다. 집안으로 들어서자 호태가 지혜에게 손을 내밀었다.

“핸드폰 줘.”

지혜가 미심쩍은 얼굴로 되물었다.

“내 핸드폰은 왜?”

“너 약 먹고 좀 자야 되거든.”

“알바 가기 전까지 40분밖에 없는데 어떻게 그래.”

“우리가 깨워 줄게.”

진희와 석주가 세차게 고개를 끄덕였다.

“괜찮다니까 그러네.”

지혜의 말에도 그들을 막무가내였다. 호태의 집안 곳곳을 아는 석주는 이미 약이 있는 선반으로 향하고 있었다. 진희가 미지근한 물까지 대령했다.

지혜가 어쩔 수 없다는 듯 석주가 내민 약을 입에 넣자, 진희가 물잔을 지혜의 입술에 가져다 댔다. 진희가 물잔을 기울이는 바람에 지혜는 얼떨결에 물까지 받아 마셨다. 호태는 지혜에게 손바닥을 내밀었다. 호태의 고집을 아는 지혜가 마지못해 핸드폰을 건넸다.

셋은 동시에 지혜의 등을 떠밀며 다락으로 데려갔다. 지혜가 이불에 들어간 것을 본 후에야 다락의 문이 닫혔다. 약 기운 탓일까, 말똥말똥한 눈이 감기고 지혜는 마법같이 잠에 들었다.

"헉!"

요란한 꿈속을 헤매던 지혜는 화들짝 놀라 몸을 일으켰다. 눈을 뜨고도 현실인지 꿈인지 분간하지 못했다. 그러다 문득 창밖에 어둠이 내려앉았다는 사실을 확인하고는 소리를 내질렀다.

"뭐야, 깨워 준다더니!"

지혜가 부랴부랴 아래층으로 내려가니 집에는 아무도 없었다. 지혜는 다급하게 주머니에 손을 찔러 넣었다. 텅 빈 주머니.

호태가 핸드폰을 가져간 것이 생각난 지혜는 머리를 질끈 묶고 무작정 카페를 향해 내달렸다.

"아, 죄송합니다, 손님. 김석주, 이 분이 크림 빼 달라고 하셨다는데."

진희가 웃음을 잃지 않은 채 이를 악물며 석주를 바라보았다.

"맞다! 다시 만들어 드릴게요. 음, 아니면 크림을 시도해 보는 건 어떨까요? 사장님이 음료에 올라가는 크림 하나도 최상급 재료를 사용하시더라고요."

석주가 눈가를 초승달처럼 말아 손님을 향해 미소 지었다. 교복을 입은 여학생은 불만 어린 태도를 말끔히 지운 채 얼굴까지 붉어져 크림을 홀짝이며 자리로 돌아갔다.

"오, 김석주. 너 생각보다 임기응변에 소질 있다?"

진희의 말에 석주가 어깨를 으쓱했다.

"이런 존잘남들이 셋이나 있는 카페를 내가 왜 몰랐지?"

"그러게, 우리 내일도 또 오자."

여자 손님들이 커피 머신 쪽을 힐끔거리며 재잘거렸다.

뒤늦게 지혜를 발견한 남자아이들이 해맑게 미소를 지으며 손을 흔들었다.

"너희 뭐 하냐?"

지혜가 얼빠진 얼굴로 물었다.

"뭐 하긴, 알바하지. 최지혜 대타로."

"셋이서?"

"우리는 초짜잖아. 셋이서 최지혜 한 명 몫을 하는 거지."

지혜가 울상이 되어 창고 쪽을 기웃거리자 호태가 말했다.

"걱정 마. 사장님이 허락하셨어. 이참에 우리도 직업 체험하는 거지."

"왜 직업 체험을 내 일터에서 해?"

지혜가 어이없다는 듯이 물었다.

"저기, 아메리카노 하나요."

손님이 오자, 석주가 능숙하게 주문을 받았다.

"네, 아이스로 드릴까요?"

지혜가 얼결에 카운터에서 물러났다. 진희가 우두커니 서 있는 지혜를 카운터 뒤 의자에 앉혔다. 어설픈 동작으로 에스프레소 머신을 다루는 호태를 보고 지혜가 반사적으로 일어났지만 석주가 손을 교차해 엑스 모양을 만든 뒤 단호하게 고개를 저었다.

알바를 끝낸 남자 셋은 땀에 흥건히 젖어 있었다. 진희가 녹

초가 된 얼굴로 말했다.

"와, 나는 어렵지 않은 일인 줄 알았는데."

"최지혜 알고 보니 능력자였구나."

석주가 맞장구를 쳤다.

"너 몸은 좀 어때? 약 먹고 자니까 이제 좀 괜찮아졌지? 안색이 아까보다 훨씬 낫다."

석주가 그러면서 다시 지혜의 이마에 손을 댔다. 지혜는 순간 얼굴이 달아올라 저도 모르게 고개를 확 젖혔다.

"나 괜찮다니까."

지혜는 몽글거리는 마음을 들키지 않으려 일부러 더 과장되게 굴었다. 삼총사는 지혜를 놀리며 웃음을 터트렸다.

카페 맞은편 후미진 골목, 누군가 깊숙한 어둠 속에서 그 광경을 지켜보며 이를 으득 갈았다.

"어? 아, 진짜."

집으로 돌아가던 중 진희가 핸드폰 알림을 확인하다 툭 내뱉었다. 호태가 진희를 슬쩍 쳐다보았다.

"왜? 뭔데 그래?"

"아, 아니. 그 인스타 계정 있잖아, 지혜에 대해 헛소리 써 놓은 거. 혹시 또 글 올라오나 보려고 알림 걸어 놨거든. 근데 방금 사진이 떴네."

방금 전 지혜와 장난치던 남자아이들의 모습이 고스란히 담긴 사진이었다.

「아직도 정신 못 차린 최지혜. #최지혜 #가스라이팅장인 #할말하않 #남자없이일생가 #어장아티스트」

삼인방이 동시에 한숨을 쉬자 지혜의 마음도 푹 꺼지는 기분이 들었다.

"최지혜, 너무 신경 쓰지 마."

"하, 진짜 해도 해도 너무한다."

셋은 지혜에게 다정한 위로와 공감을 쏟아냈다.

지혜는 괜찮다는 뜻으로 미소를 지어 보였다.

다시는 사람을 믿을 수도, 누군가에게 마음을 주는 일도 없을 거라 생각했을 때 치즈고 삼인방이 나타났다. 석주, 호태, 진희 세 사람은 이미 지혜의 마음에 한가득 자리하고 있었다. 지혜는 꾹꾹 그들의 이름을 마음에 눌러 담았다.

그날 밤, 지혜는 새벽 공기를 가르고 집 앞으로 나갔다. 가로등 아래, 작은 그림자가 움직이는 게 보였다. 다리 한쪽을 질질 끄는 고양이 한 마리가 자리를 잡고는 지혜를 가만히 응시했다.

"너도 잠이 안 오니?"

지혜가 조심스럽게 다가가 웅크리고 앉았다. 고양이의 불편한 한쪽 다리는 오래전에 아문 상처의 흔적이 있었다.

"어떡하다 그랬니? 누가 괴롭혔어? 많이 아팠겠다. 지금은 좀 괜찮아?"

지혜의 말에 고양이가 낮게 가르랑 소리를 냈다. 마치 괜찮다고 대답하는 것 같았다.

지혜는 두 손을 펼쳐 보였다. 살짝 기지개를 켠 고양이는 기꺼이 자신의 온기를 나누겠다는 듯 지혜의 한쪽 다리에 몸을 기댔다. 지혜는 고양이의 등을 살며시 매만졌다. 푹신하고 보드라운 털의 감촉이 손바닥 전체를 훑고 지나갔다. 따뜻한 온기에 지혜는 순간 울컥해 눈시울을 붉혔다.

"고순이 왔네."

문이 벌컥 열리며 호태가 물과 고양이용 참치 캔을 들고 나타났다. 고양이가 다가가 호태의 발등에 머리를 비볐다. 경계라고는 찾아볼 수 없는 그들의 친밀함에 지혜는 흐르던 눈물을 황급히 훔치고 호태를 보았다.

호태가 지혜에게 능글맞게 말했다.

"고순이한테 상담 받고 있었냐?"

지혜는 울었다는 걸 들키지 않으려 괜히 툴툴거리며 물었다.

"뭐야, 이 시간에?"

"그러는 넌? 나야 고순이 케이터링 담당이라 그렇다 치고."

지혜가 고양이와 호태를 번갈아 보았다. 고양이가 그릇에 코를 박자 호태가 지혜 옆으로 가 쭈그리고 앉았다. 지혜가 멋쩍은 웃음을 지으며 눈가를 문질렀다.

"고양이가 불쌍해 보여서."

"그 말 고순이한테 실례야. 고순이 엄청 멋있는 고양이거든. 다리가 저렇게 되고 나서도 얼마나 의연했다고."

호태가 고양이의 등을 쓰다듬자, 고양이가 화답하듯 짧게 냐옹 하고 울었다. 지혜가 그런 고양이를 바라보며 혼잣말하듯 물었다.

"이렇게 작고 귀여운 존재를 괴롭히는 사람들은 뭘까?"

"나약한 존재만 골라 자기 과시하는 인간들."

호태의 말은 묵직하면서도 강한 힘이 있었다. 호태는 후 하고 숨을 내뱉더니 말을 이었다.

"고순이는 그런 하찮은 인간들한테 비위 맞추며 관심을 구걸하지 않아. 자신을 사랑하는 법을 알거든."

말을 마친 호태의 입매에 조용한 미소가 깃들었다.

"너 내가 알던 손호태 맞지?"

지혜는 시종일관 시니컬한 호태에게 이토록 말랑말랑한 면이 있다는 것이 놀랍기만 했다. 호태의 손길은 영락없이 상냥한 집사 같았고, 고양이를 향한 시선은 다정하기만 했다.

"최지혜, 넌 날 몰라. 고순이한테 좀 배워. 암튼 적당히 하고 들어와."

호태가 고양이를 쓰다듬은 뒤, 집으로 먼저 들어갔다. 홀로 남았지만 지혜는 외롭지 않았다. 마음이 한결 홀가분해진 기분이었다.

다음 날 아침, 지혜는 눈을 번쩍 떴다. 새벽 마실을 마치고 늦게 잠든 지혜였지만, 생각지도 못한 호태의 위로 덕분인지 마음도 몸도 가뿐하게만 느껴졌다.

지혜는 핸드폰으로 저격 인스타그램을 열어 게시글마다 신고를 눌렀다. 오늘만큼은 당당하게 맞설 수 있는 기분이 들었다. 그때 한 댓글을 보자, 지혜의 손이 멈칫했다. 지혜는 아래층을 향해 빠르게 달려가며 외쳤다.

"손호태, 호태야! 이거 뭐야?"

"뭐긴 뭐야. 이게 바로 팩트 폭행이란 거다."

부엌 식탁에 앉아 있던 호태가 심드렁한 목소리로 답했다.

「치즈고 손호태라고 합니다. 남의 사진을 몰래 찍어 초상권을 침해하고, 근거 없는 유언비어를 퍼트리는 행위는 형사 처벌 대상이니 이제 그만하시죠. 제 친구 최지혜는 그런 사람 아닙니다.」

호태의 댓글 아래엔 마음속으로 지혜를 응원하던 아이들의 댓글이 이어졌다. 뜨거워졌다가 금세 식어 버리는 인터넷 찌라시처럼 지혜를 향한 미움도 서서히 쓸모를 다해 가는 중이었다.

지혜는 반 아이들 몇몇이 호태의 댓글에 하트를 누른 것에 놀라움을 느꼈다. 어쩌면 이곳은 막다른 골목이 아닐지도 모른다는 생각, 자신에게도 돌아올 곳이 생긴 기분이 들었다. 지혜도 이번만큼은 도망치고 싶지 않았다. 지혜는 그 어느 때보다 씩씩하게 학교를 향해 걸었다.

2교시가 끝날 무렵, 휴진이 큰 소리로 외쳤다.

"아, 어떡해. 아빠가 사준 팔찌가 없어졌어!"

지혜는 휴진의 말에 고개를 돌렸다. 휴진이 발을 구르며 자신의 자리를 이리저리 살피고 있었다.

"지혜야, 혹시 내 팔찌 봤어?"

휴진의 물음에 지혜가 고개를 저었다. 휴진의 무리가 우르르 다가와 물었다.

"휴진아, 무슨 팔찌?"

"아빠가 사준 거 있어. 지혜는 뭔지 알아. 진짜 못 봤어?"

"반클리프 팔찌 말하는 거야?"

지혜의 말에 아이들이 헉, 소리를 냈다.

"반클리프? 대박."

"잃어버릴까 봐 사물함에 넣어 뒀는데 없어졌어. 지혜야, 그 팔찌 어떻게 생겼는지 기억나지? 혹시 발견하면 나한테 꼭 말해 줘."

지혜가 말없이 고개를 끄덕였다. 쉬는 시간마다 휴진은 교실 이곳저곳을 살피며 부산을 떨었다.

음악 수업을 마치고 화장실에 들렀다 온 지혜는 자신의 자리 앞에서 박휴진 무리가 수선을 떨고 있는 모습을 보았다. 불길한 예감이 온몸을 스쳤다.

"뭐야, 최지혜 진짜 돌아이네?"

"이제 물건까지 훔쳐?"

무슨 일인지 파악하려고 애쓰는 지혜에게 신자영이 무언가를 내밀었다. 휴진의 반클리프 팔찌가 햇살을 받아 빛을 뿜고 있었다.

"와, 대박. 최지혜 얘 좀 봐. 방석 밑에 팔찌를 깔고 앉아 있었어. 진짜 소문대로 보통이 아닌 년이네?"

자영의 말에 휴진이 팔짱을 끼고 지혜 앞으로 성큼성큼 다가왔다.

4화

울타리

팔찌만 멍하니 바라보는 지혜에게 자영이 쏘아붙였다.

"최지혜, 어쩜 얼굴색 하나 안 변하고 거짓말을 하냐? 진짜 소문대로 완전 사이코패스네."

"그만해, 자영아. 무턱대고 소리부터 지르면 어떡해."

휴진이 요란법석을 떠는 자영의 팔을 잡으며 말했다. 반 아이들은 사태를 파악하려는 듯 숨죽이고 그들을 바라보았다. 침묵을 뚫고 휴진이 상냥한 목소리로 물었다.

"솔직히 말해 줘, 지혜야. 왜 그랬어?"

지혜는 겨우 입을 열었다. 목소리가 잔뜩 갈라져 있었다.

"나 정말 아니야, 믿어 줘. 네가 이 팔찌 얼마나 소중하게 생각하는지 난 알고 있어."

하지만 지혜의 말에 휴진은 핏 하고 비웃음을 날렸다.

"그런데 지혜야, 이젠 내가 널 믿어야 하는 건지 모르겠어."
"그게 무슨……."
"너 나한테 이미 여러 번 거짓말했잖아. 호태 이야기할 때마다 안 친한 척 시치미 떼던 거. 뭐 이제는 왜 그랬는지 이해해. 하지만 속인 건 속인 거니까."
"그, 그건……."
지혜는 당황한 기색을 여실히 드러냈다. 아이들은 지혜가 아무런 변명도 하지 못하는 것을 보자 웅성거리기 시작했다. 휴진이 아이들의 반응에 힘을 얻은 듯 고개를 빳빳이 들고 말을 이었다.
"네가 전에 그랬잖아. 너 서울 올 때 너희 아버지 금덩이 훔쳤다고. 금 거북이라고 했었나? 그거 판 돈으로 고시원 구했다며. 사실 처음이 어렵지 그다음은 쉬우니까……."
휴진의 폭로는 도둑으로 몰린 상황만큼이나 비수가 되어 날아왔다. 자신의 아픔을 기꺼이 내어 준 휴진에게 건넨, 답례 같은 비밀이었는데.
"그래서?"
지혜의 목소리가 미세하게 떨렸다.
"그러니까 이번에 필요한 돈은 내 팔찌를 팔아 구하려 했던 거겠지. 네 입장에서는 유튜브 영상 때문에 나한테 원망도 있을 테고."

휴진이 반 아이들을 둘러보며 새침하게 말했다.

"너희들 이 일, 담임한테는 말하지 마. 큰일로 만들고 싶지 않아. 난 팔찌 찾았으니 됐어."

자영을 비롯한 무리가 대단하다는 눈길로 휴진을 바라보았다.

"휴진이 진짜 대박이다. 솔직히 바로 경찰에 신고각 아냐?"

이대로 보내면 팔찌를 훔쳤다는 오해가 사실로 둔갑할 게 뻔했다. 지혜가 돌아서려는 휴진의 팔을 세게 잡았다.

"정말 아니야, 나."

휴진이 무표정한 얼굴로 "아." 하더니 지혜를 노려보았다.

"지혜야, 이러면 너만 더 비참해져."

휴진은 차가운 미소를 지었다. 지혜는 그 미소에서 위선이라는 단어를 읽어냈다.

아이들의 시선을 등지고 선 휴진은 지혜의 손을 세게 잡았다. 그 손길에 깃든 강한 위압을 다른 아이들은 몰랐다. 휴진은 매서운 눈빛과 달리 꾸며낸 목소리로 지혜에게 말했다.

"이제 그만해도 돼. 난 이미 너 용서했어."

지혜는 휴진의 한쪽 입꼬리가 올라가는 것을 놓치지 않았다.

순간 기시감에 사로잡힌 지혜는 어쩌면 이게 휴진의 진짜 얼굴일지도 모른다는 생각이 들자 몸이 떨렸다.

지혜의 머릿속에 그 애의 목소리가 울렸다.

'네 말, 아무도 믿어 주지 않을 거야.'

우유고 시절, 믿었던 그 애에게 눈물로 호소한 날, 그 애는 누가 볼까 주위를 살핀 뒤 이렇게 말했었다. 해볼 테면 해보라는, 절대 네 편은 없을 거라는 눈빛과 함께.

휴진은 뒤돌아 자신의 자리로 가면서 보란 듯이 지혜의 손을 잡았던 손을 탁탁 털었다. 친구가 되자고 먼저 손 내밀었던 자신의 과거까지 모조리 토해 내듯 요란하게.

"어? 최지혜다! 햄버거 먹으러 갈래?"

지혜는 마지막 수업이 끝나고 복도에서 삼인방과 마주쳤다. 지혜는 고개를 들 수 없었다. 아이들과 눈이라도 마주치면 참고 있던 눈물이 왈칵 쏟아질 것 같았다. 지혜는 못 본 척, 앞을 향해 내달렸다.

"뭐야?"

호태가 어안이 벙벙한 얼굴로 물었지만 석주와 진희도 알 길이 없는 건 마찬가지였다. 진희가 머리를 긁적이다 핸드폰을 꺼내 들었다.

“뭐? 팔찌 도둑?”

저격 인스타그램에 올라온 글을 보며 진희는 덩달아 시무룩해졌다.

“그건 또 뭔 개소리야?”

석주가 마침 지나가는 지혜의 반 아이를 붙잡고 오늘 있었던 일을 물었다. 이야기를 듣고 셋은 잠시 말을 잃었다.

진희가 걱정스러운 얼굴로 먼저 말을 꺼냈다.

“지혜한테 전화해 볼까?”

“일단 혼자 있을 시간을 좀 주자.”

호태가 주먹을 꽉 쥐었다.

남자 셋은 경사진 언덕을 터덜터덜 내려갔다. 평소 하굣길과 달리 셋 다 축 처진 어깨를 감출 수 없었다.

석주가 발걸음을 멈추고 길가 벤치에 털썩 앉았다. 호태가 가만히 생각하다 입을 열었다.

“그 인스타 이상하지 않냐. 하루 종일 지혜를 감시하는 게 아니고서야 어떻게 이렇게 속속들이 알고 있는 거지?”

“그러게, 여기 사진들도 좀 봐 봐. 카페에서 찍힌 것도 많지만 학교 주변에서 찍힌 것도 있잖아. 이건 지혜 근처에서 찍었다는 뜻이고."

진희가 미간을 찌푸리며 말했다.

"팔찌 사건도 지혜 소문이 시들해지니까 일부러 꾸민 일 같은데 더 놔뒀다가는 무슨 짓을 할지 모르겠단 말이지. 나도 이렇게 숨이 막히는데 지혜는 어떻겠어."

석주가 맞장구를 쳤다. 셋은 잠시 말없이 생각에 빠졌다. 호태가 조심스럽게 제안했다.

"우리 카페 주변에서 잠복을 해 보면 어때?"

"잠복?"

진희가 흥미로운 얼굴로 물었다.

"응, 인스타에 올린 카페 사진을 보면 그 근처에서 찍는 거 같은데 그 각도 나올 만한 곳을 살펴보자."

진희만 평소처럼 카페로 가고 호태와 석주는 사복으로 갈아입고 카페 주변을 살피기로 했다.

진희가 홀로 카페에 들어서자 지혜가 먼저 아는 척을 했다.

"호태랑 진희는?"

"아, 걔네 뭐 좀 하러 갔어. 나만 와서 서운해?"

"서운은 무슨. 조용해서 좋다."

"그래? 그럼 오늘은 나 다른 메뉴 주문해도 되나?"

"오, 웬일이야?"

진희는 메뉴판을 요리조리 들여다보고 한참동안 고민하더니 초코 라테를 외쳤다.

"허, 알았어. 내가 맛있게 만들어 줄게."

지혜는 밝게 웃었지만, 몸에 힘이 없는지 커피 탬퍼와 스푼을 자꾸만 손에서 놓쳤다. 손님이 두 번 정도 불러야 대답하는 순간도 잦았다. 그럴 때마다 지혜는 긴장한 듯 두 눈을 깜빡이고 깊은 한숨을 쉬었다.

진희가 참다못해 석주와 호태에게 메시지를 보냈다.

「범인새끼 진짜 잡히기만 해 봐라.」

미러리스 카메라를 챙겨 온 호태는 카페 앞 가로수 사이를 어슬렁거렸고, 석주는 카페를 조망할 수 있는 근처 편의점 발코니에 앉아 거리를 주시했다. 간혹 진희가 화장실에 가는 척하며 카페 입구를 서성였다.

혹여 범인을 놓칠까 호태와 석주는 두 눈을 부릅뜨고 주위를 두리번거렸다. 아무리 눈을 씻고 봐도 수상한 사람이 카페를 찍는 낌새는 없었다.

그사이 해가 뉘엿뉘엿 졌다. 석주는 졸린 눈을 비비며 발코니 난간에 머리를 기댔다. 저녁이 될수록 거리에는 더 많은 사람이 모였다.

"아무래도 오늘은 안 되겠는데."

인스타그램에 아무런 글도 올라오지 않자 진희는 결국 호태와 석주에게 전화를 걸었다. 둘도 아쉬운 마음을 뒤로하고 카페에서 모이기로 했다.

호태와 석주가 카페에 들어서자 지혜의 눈이 동그래졌다.

"너희 어디 갔다 왔어? 그 카메라는 뭐냐."

지혜가 호태 손에 있는 카메라를 뚫어지게 바라보더니 말했다.

"아, 몰라. 날씨가 덥네."

호태가 셔츠 자락을 잡고 펄럭이며 바람을 불어넣었다. 지혜가 코를 막는 시늉을 하고 "으." 소리를 냈다.

"야, 나 땀 냄새 안 나거든?"

지혜가 질색하며 피하자 석주가 지혜의 머리 위에 제 턱을 살포시 얹으며 말했다.

"잠깐만 이렇게 있어 봐. 아, 편해."

얼어버린 펭귄 자세로 한동안 눈알을 굴리던 지혜가 이윽고 머리를 흔들며 벗어나려 했다. 호태가 차량용 흔들 인형 같다고 지혜를 놀리고 키득거리고 있을 때, 진희의 핸드폰이 진동했다. 인스타그램 알림. 석주와 호태 사이에서 웃고 있는 지혜의 사진과 함께 짤막한 글이 업로드되어 있었다.

「사장은 알바가 저러는 거 알까. #어장 #월급루팡질」

진희는 조용히 인스타를 확인한 후 재빨리 핸드폰을 주머니에 넣었다. 오랜만에 지혜가 활짝 웃고 있었다. 이 소식으로 분위기를 망치고 싶지 않았다.

다음 날, 삼인방은 체육 수업을 위해 운동장에 모여 있는 지혜네 반 아이들을 발견했다. 삼인방은 시끌벅적 장난을 치거나 팔짱을 낀 무리에서 외떨어진 지혜를 보았다. 그들은 한숨을 푹 쉬었다.

"그래도 얼마 전까진 박휴진이랑 같이 있더니."

호태의 말을 석주가 받았다.

"팔찌 사건 때문에 사이가 틀어졌나 본데."

"빨리 범인 잡아서 오해 풀어야지 저게 뭐냐."

진희가 이렇게 말하고 도리질을 쳤다.

3일 연속 인스타그램에 사진이 올라왔지만, 삼인방은 번번이 범인을 놓쳤다. 삼인방은 둘씩 지켜보기로 했던 계획을 바꿔 이번엔 다 함께 카페를 지켜보기로 했다.

주말을 앞둔 저녁이라 카페 거리엔 오고 가는 사람들이 많아 정신을 바짝 집중해야 했다. 카페 앞에서 사진을 찍는 사람이 보일 때마다 호태가 번개같이 달려갔지만 대부분 본인의 모습을 담는 평범한 행인들이었다.

해가 길어진 탓에 7시가 넘어서야 거리는 어둑해졌다. 각자의 자리에서 카페를 주시하던 삼인방은 주린 배를 채우려 잠시 편의점 앞에 모였다. 핫바 한 개만 빨리 먹고 돌아가려는데 석주가 창밖을 보고는 "어?" 하고 소리를 냈다.

"왜?"

호태가 묻자 석주가 대수롭지 않게 대답했다.

"박휴진 본 것 같아서."

핫바의 포장을 벗기던 진희가 창밖을 응시했다.

"박휴진 맞네. 지혜 카페 쪽으로 가는 거 같은데."

호태가 핫바를 한입 크게 베어 물고 말했다.

"둘이 얘기라도 하려나?"

더위가 기승을 부리는 날임에도 휴진은 교복 위에 후드가 달린 얇은 바람막이를 겹쳐 입고 있었다. 휴진은 무언가를 경계하는 사람처럼 주위를 두리번거렸다. 주목받지 않으려는 휴진의 시도는 더 이목을 끌었다.

“재 지금 카페 맞은편 건물로 들어가는 거 같은데?”

셋은 의아한 눈길로 휴진의 뒷모습을 쫓았다. 휴진이 들어간 곳은 얼마 전 폐업한 가게의 입구였기 때문이다.

“좀 이상한데?”

호태는 몸을 숨기며 휴진을 뚫어져라 주시했다.

액정 불빛에 드러난 휴진의 얼굴에는 독기가 서려 있었다. 이윽고 휴진이 핸드폰을 꺼냈다. 카페 쪽을 향하고 있던 휴진의 핸드폰에서 번쩍하고 플래시가 터졌다. 잠시 후, 휴진은 원하는 걸 얻어낸 사람처럼 만족한 얼굴로 그 자리를 떴다.

호태는 자신의 미러리스에 휴진의 모습을 담았다. 휴진이 떠난 뒤 호태가 그 자리에 서서 카메라를 들어 보았다. 프레임에 카페 내부가 훤히 잡혔다.

“박휴진…….”

호태가 이를 으득 갈았다.

카페에 들어와 자리에 앉자마자 진희의 핸드폰이 진동했다. 셋은 득달같이 인스타그램을 확인했다. 사진 속 지혜는 남자 손님의 팔에 손을 대고 있었다. 사진 밑에 달린 글은 역시나 자극적이었다.

「하루라도 끼 부리지 않으면 몸에 가시가 돋는 최지혜. 오늘도 남자들 꼬시느라 정신없음. 또 다른 남자와 자연스러운 스킨십. #어장관리 #고수의손길 #모르는남자도덥썩 #일을하는건지낚시를하는건지」

음료를 들고 가다 발을 헛디딘 손님에게 지혜가 괜찮냐고 물어보는 상황이었다. 오해할 만한 찰나의 장면이 담긴 사진. 셋은 걱정스러운 표정으로 서로를 보았다.

진희가 얼굴을 찡그리며 말했다.

"박휴진, 지혜랑 유일하게 같이 다니던 친구 아니었냐? 진짜 소름 끼친다."

석주가 걱정스럽게 말했다.

"차라리 지혜한테 빨리 말해 주는 게 좋지 않을까? 상처 많이 받을 텐데."

진희의 말에 호태가 고개를 끄덕이며 말했다.

"결국엔 알게 될 테니 우리가 알려 주는 게 낫겠지."

셋은 동시에 한숨을 내뱉었다.

"뭔데 그렇게 소곤거려?"

빈 테이블을 닦던 지혜가 삼총사의 심각한 표정을 알아차리고 물었다.

"사실은……."

셋은 눈빛을 주고받았다. 지혜도 사실을 알아야 했다. 석주가 총대를 메고 입을 뗐다.

"우리가 봤어. 박휴진이 네 사진 찍고 있는 걸."

호태가 카메라를 꺼내 휴진의 모습을 확인시켜 주었다. 조마조마하던 남자아이들은 예상과 달리 덤덤한 지혜의 모습에 놀라 서로를 멀뚱히 바라보았다.

"무슨 말이라도 해 봐. 너무 침착하니까 오히려 무섭잖아."

진희가 지혜의 눈치를 살피며 말했다.

"……사실은 팔찌 사건 있고 나서 짐작했어."

지혜의 말에 셋이 멍하니 서로를 번갈아 보았다.

"이걸 다행이라고 해야 할지 아니라고 해야 할지……."

진희가 지혜보다 더 의기소침한 얼굴로 말했다.

"꽤 친했는데 배신감 많이 들지?"

석주의 물음에 지혜가 씁쓸한 웃음을 보였다.

"그래도 나한테 너희가 있잖아. 그러니까 내가 버텼지. 빙판에서 넘어져도 누가 괜찮냐고 묻는 거랑 아무도 없는 거랑은 차원이 다르잖아."

지혜가 웃으며 말한 뒤 자신을 부르는 손님을 향해 카운터로 돌아갔다.

지혜는 파도처럼 밀려오는 주문에 정신없이 음료를 만들었다. 다른 날보다 손님이 많아 다행이라는 생각도 잠시, 자꾸만 불쑥 끼어드는 휴진의 말들이 지혜를 괴롭혔다.

상관없는 척, 애써 의연한 척했지만 한숨 돌리는 와중에도 간간히 철렁 내려앉는 심장을 어찌할 수는 없었다. 믿었던 것들이 자신을 무너뜨릴 때, 지혜는 자신을 둘러싼 세계가 거짓이 아닐까 의심이 들었다. 상처받아 연약해진 자신의 마음이 석주, 호태, 진희의 진심마저 의심할까 불안했다. 지혜는 고개를 돌려 자신을 걱정스럽게 바라보는 남자아이들의 눈빛을 일부러 모른 체했다.

핸드폰이 울리고 액정 화면에 호태의 번호가 떠오르자 휴진의 심장이 크게 방망이질을 해 댔다. 중학교 때 학원에서 처음 만난 그 순간부터 내내 호태에게 호감을 가지고 있었다. 호태에게 자신의 전화번호를 알려 준 게 벌써 1년 전이었다.

호태는 남녀를 불문하고 공평하게 무심했다. 휴진은 번호를 주면서도 호태가 먼저 연락할 거란 기대 따윈 하지 않았었다. 그런데 호태가 먼저 전화를 걸다니. 휴진은 들뜬 심정으로 전화를 받았다.

"나 손호태. 내일 시간 되냐?"

"응, 시간 돼!"

휴진은 두말할 것 없이 잽싼 대답을 건넸다.

다음 날, 아침 일찍 일어난 휴진은 앞머리 롤을 말고 마스크 팩을 했다. 사흘 동안 호태가 지혜가 일하는 카페에 나타나지 않은 게 생각났다. 휴진은 어쩐지 좋은 예감이 들어 거울을 보며 미소를 지어 보았다. 괜스레 가슴이 두근거렸다.

한껏 멋을 부리고 약속 장소에 도착하자, 자신을 기다리고 있는 호태가 보였다. 휴진은 뺨을 톡톡 두드리면서 애써 마음을 가라앉혔다.

"호태야, 기다렸지? 미안."

"어, 조금 늦었네. 그래도 나왔으면 됐어. 가자."

호태가 무심하게 말하며 손짓했다.

호태는 휴진의 눈도 제대로 마주치지 않고 앞만 보고 걸었다. 이렇게 가까이에서 호태와 함께 있다는 사실만으로도 휴진은 기분이 좋았다.

"어?"

호태를 따라가느라 잠시 정신을 놓았던 휴진이 멈칫했다. 설마 하던 마음의 불안이 현실이 되고 있었다. 호태는 아무렇지도 않게 지혜가 일하는 카페로 자신을 안내하고 있었다. 호태의 뒷모습은 이미 저만치 멀어지고 휴진은 선택의 기로에 선 듯 발이 떨어지지 않았다.

"들어와."

호태가 카페 문을 잡고 서서 휴진을 향해 손짓했다.

휴진은 이제 다른 의미로 심장이 터질 것 같았다. 휴진은 잠시 고민한 뒤, 최대한 당당히 발걸음을 옮겨 카페 안으로 들어갔다. 진희와 석주를 발견한 휴진의 얼굴이 잔뜩 굳었다. 휴진은 그제야 호태가 자신을 부른 이유에 다른 뜻이 있음을 확신했다 .

"지금 뭐 하자는 거야?"

휴진의 말에 호태가 눈을 내리깔고 짧게 심호흡을 하더니 대답했다.

"다 알고 있어. 네가 어떤 짓을 했는지."

"무슨 말인지 전혀 모르겠는데?"

호태가 가방에서 카메라를 꺼냈다.

"너잖아."

호태는 카메라를 휴진에게 내밀었다.

휴진은 꼿꼿한 자세로 표정 변화 없이 자신의 치부를 지켜보았다. 평정을 연기하는 와중에도 미세하게 떨리는 눈꺼풀만큼은 제어할 수 없었다.

"지워라, 다. 내가 무슨 말하는 건지 알지?"

호태가 단호하게 말하며 휴진을 쏘아봤다. 호태를 바라보는 휴진의 눈동자엔 이제 분노와 치욕이 가득 담겨 있었다. 휴진은 속이 뒤틀리는 것 같았다.

"10분 뒤쯤 지혜가 알바하러 올 거야. 네가 지혜에게 사과할 수 있는 기회를 주고 싶어."

석주의 낮은 목소리가 휴진의 귓가를 때렸다.

"……."

휴진은 영혼이 빠져나간 얼굴로 그들 앞에 숨을 죽였다. 누구 하나 입을 열지 않았다. 아슬아슬한 침묵만이 존재했다.

문이 열리는 소리에 남자아이들은 일제히 고개를 돌렸지만 휴진은 눈을 내리깔고 바닥만 보고 있었다. 지혜는 남자아이들 사이에 앉아 있는 휴진을 발견하고는 우두커니 멈춰 섰다.

"지혜야."

석주가 이쪽으로 오라는 듯 빈 의자를 두드리며 지혜를 불렀다.

"……뭐야?"

지혜가 나직이 말했다. 호태와 진희, 석주는 아무 말없이 담담한 얼굴로 지혜와 휴진을 번갈아 보았다. 지혜는 그들의 얼굴만 봐도 무슨 일이 있었는지 짐작할 수 있었다.

"박휴진."

호태의 재촉에 휴진이 고개를 푹 숙이며 겨우 입을 열었다.

"나, 난 정말……."

휴진이 불안한 듯 엄지손톱을 깨물었다.

"그러니까……."

휴진이 지혜를 똑바로 응시했다.

"……하, 개 같네."

휴진의 입에서 사과 대신 불쑥 튀어나온 욕지기에 남자아이들이 일제히 미간을 찌푸렸다. 모르는 사람이라면 이 자리에서 제일 억울한 사람은 휴진이라 생각했을 것이다. 휴진은 금방이라도 울음을 토할 듯 잔뜩 찡그린 얼굴로 그 자리에서 일어났다.

지혜는 신경질적으로 문을 밀고 나가는 휴진의 뒷모습을 바라보았다. 남자아이들이 이해할 수 없다는 듯 고개를 절레절레 흔들었다.

월요일 아침, 호태의 집 앞에 모인 네 사람은 저격 인스타그램 계정이 삭제된 사실에 안도하면서도 사과 한마디 없는 휴진의 태도에 여전히 화가 나 있었다.

"그때 더 세게 이야기를 했어야 했는데."

호태의 말에 석주가 고개를 저으며 말했다.

"일단 인스타도 지웠으니 조금 더 지켜봐야지."

"나도 억지 사과를 받고 싶은 마음은 없어. 사진 안 올라오는 것만으로도 살 것 같다."

지혜의 말에 삼인방도 마음의 무게가 덜어진 기분이 들었다.

넷은 옹기종기 어깨를 마주하고 학교를 향해 걸었다. 오랜만에 찾아온 평온에 무더위마저 훈풍처럼 느껴졌다.

학교에 오자마자 메이크업 도구나 자신이 새로 산 제품들을 펼쳐 놓고 이야기꽃을 피우던 휴진은 없었다. 아이들은 하루아침에 다른 사람이 된 휴진을 의아하게 생각했다. 하지만 휴진이라면 난데없이 우울 모드에 돌입한 것도 어쩌면 또 다른 콘셉트일지 모른다고 여겼다. 다만 휴진의 열렬한 추종자인 자영만은 휴진의 변화를 받아들이지 못했다.

"말 걸지 마, 졸려."

며칠째 휴진의 대답은 한결같았다. 휴진은 고개를 푹 숙이고 엄지손톱을 물어뜯었다.

"휴진아, 일어나 봐. 무슨 일 있어?"

자영이 상냥한 손길로 휴진의 등을 쓸어내리며 물었다.

"저리 가. 나 피곤해."

자영은 쉽게 포기하지 않고 콧소리를 섞으며 말했다.

"휴진아아아아. 무슨 고민 있어? 친구 좋다는 게 뭐야. 나한테 말해 봐. 내가 들어 줄게."

그러면서 자영은 다시 한 번 휴진의 어깨에 가볍게 손을 댔다. 순간 휴진이 자영의 손을 휙 뿌리치며 버럭 소리를 질렀다.

"꺼지라고! 몇 번을 말해야 알아 듣냐?"

순식간에 교실에 정적이 감돌았다.

자영의 얼굴이 모멸감으로 뒤덮였다. 끓어오르는 분노를 달래듯 심호흡을 한 자영이 다시 말했다.

"……하, 어이없네. 박휴진, 너 말 다 했냐? 내가 네 따까리로 보이냐? 나 아니면 누가 너 신경이나 쓰는 줄 알아?"

자영이 홱 돌아서 갔다. 휴진에게 우산이 되어 줄 친구는 이제 없었다. 여기저기서 "진짜 뭐 있나 봐, 박휴진." 하는 수군거림이 들렸다.

일명 '박휴진 발악 사건' 이후 휴진에게 반감을 품었던 아이들이 추리를 시작했다. 휴진의 행동 변화 시점과 맞물린 지혜의 소문 종식. 기민한 아이들 몇몇이 둘 사이의 연관성을 의심하며 추론을 더해 나갔다.

비난의 화살이 휴진을 향해 선회하는 건 한순간이었다. 이제 아이들은 휴진이 지나갈 때마다 뒤돌아 소곤대기 시작했다.

"나 학원에서 들었는데 박휴진, 중학교 때도 이런 일 있었대. 패턴도 완전 비슷. 피해자는 학교까지 옮겼는데 박휴진은 아빠가 힘써서 일주일 징계 먹고 흐지부지됐대."

"진짜? 완전 상습범이었던 거네?"

"대박, 완전 싸패였네."

"그래도 요새 걔 깝치는 꼴 안 봐서 속이 다 시원하다."

휴진이 바로 뒤에 엎드려 있다는 사실을 뻔히 알면서도 아이들은 이야기꽃을 피웠다.

"입 안 닥쳐?"

휴진의 사나운 목소리에 아이들이 짜증 섞인 얼굴로 뒤를 돌아보았다. 휴진이 그들을 죽일 듯이 노려보고 있었다. 하지만 아이들은 지지 않고 쏘아붙였다.

"어디서 닥치라 말아야? 범죄자 주제에."

"하, 범죄자?"

"그래, 다른 사람 몰카나 찍고 음해하는 게 범죄지, 그럼 그게 선행이냐?"

"누가 그래? 네가 뭘 안다고 그래?"

휴진이 노골적으로 눈을 부라렸다.

"야, 그렇게 결백하면 네가 증명하면 되잖아. 너 같은 관종이 이제까지 입 닫고 있는 거 보면 그거 강한 긍정 아니야? 결백하면 증명하든가."

아이들이 휴진을 향해 비난 섞인 눈초리를 보냈다. 휴진은 입술을 파르르 떨었다.

"지혜야. 네가 말해 봐. 네가 당사자잖아. 너 괴롭힌 거 박휴진 맞지? 네 사진 올리고 소문낸 사람, 쟤 맞지?"

벼르고 있던 반 아이들 몇몇이 지혜를 향해 동조의 눈빛을 보냈다. 지혜는 다시 반복되는 토끼 사냥이 지긋지긋했다.

"……너희들이 알고 싶은 게 진실이야, 아니면 누군가를 괴롭힐 명분인 거야?"

지혜의 말에 아이들 모두 우두커니 눈치만 보았다. 버틸 자신이 없어진 휴진 또한 자리에서 무작정 교실 밖을 뛰쳐나갔다. 이윽고 아이들은 창 너머로 교문을 향해 내달리는 휴진을 발견했다. 그 누구도 휴진을 불러 세우지 않았다.

「잠깐만 나 좀 볼래? 학교 앞 공원에서 보자.」

며칠 뒤 휴진은 느닷없는 지혜의 카톡에 흠칫 놀랐다. 한참을 망설인 끝에 공원으로 가니 지혜가 기다리고 있었다.

"무슨 일이야? 나한테 욕이라도 하게? 아니면 그 망할 사과 꼭 받아야겠다, 뭐 그런 거야?"

휴진이 날카롭게 말했지만 목소리에는 긴장감이 묻어 있었다. 지혜가 고개를 저으며 씁쓸하게 미소를 지었다.

"너 미국 간다며. 담임쌤이 말씀해 주셨어. 이거 받아."

지혜가 책 한 권을 휴진에게 내밀었다. 《카타리나 블룸의 잃어버린 명예》. 지혜가 전학 온 첫날부터 쭉 들고 다니며 읽었던 책이었다. 휴진은 지혜 곁을 기웃거리다 그 책의 내용을 찾아본 적이 있었다.

주인공 카타리나 블룸이 우연히 범죄에 연루되고, 황색 언론과 자극을 쫓는 군중에 의해 인생이 파괴되어 가는 과정을 그린 소설. 휴진은 지혜에게 한 대 맞은 기분으로 책을 응시했다.

"나는 네가 싫어. 밉기도 하고. 하지만 너에게도 너만의 이유가 있었겠지. 난 그걸 이해하려고 노력 중이야."

"제대로 멕이네."

휴진이 지혜의 눈을 피하며 말했다. 학교에서 제일 잘나가는 남자 무리와 친한 모습에 질투가 났다고, 그래서 우연히 네이버 입시 카페 글을 발견하고 이 일을 모두 꾸몄노라고 휴진은 차마 말할 수 없었다. 두 사람 사이에 정적이 감돌았다.

"잘 지내."

진심을 담은 지혜의 말에 휴진이 벤치에서 일어나며 스치듯 말했다.

"……미안했어."

휴진은 책을 쥔 채로 뒤를 돌아보지도 않고 성큼성큼 멀어져 가고 있었다. 구름 한 점 없는 하늘이 눈부시게 푸르렀다.

드디어 지혜와 남자 무리에게도 무탈한 날들이 찾아왔다. 일상의 평화는 자연스럽게 스며들었다.

네 사람은 누군가 자신들의 사진을 몰래 찍을까 신경을 곤두세우는 대신 칠칠맞게 떡볶이 국물을 교복에 흘렸고, 오락실 게임기 앞에서 어설픈 슈팅 실력을 선보이며 즐겁게 웃었다.

그들 사이의 장벽은 점점 아담해져 이제는 울타리라 해도 무방했다. 함께 있을 땐 서로를 놀리느라 골몰하다가도 한 명이라도 보이지 않으면 득달같이 찾아냈다. 본래 네 사람이 하나였던 것처럼.

5화
대나무 숲

무더위에 휩쓸려 방학은 순식간에 끝나 버렸다.

"벌써 개학이라니."

지혜와 삼인방은 돌림노래처럼 이 말을 주고받으며 개학을 맞이했다.

여름은 어찌나 뒤끝이 긴지 반 아이들은 여전히 하복 차림이었다. 지난 학기와 다른 점이라면 지혜가 반에 들어서자 몇몇 아이들이 반갑게 인사했고, 지혜도 웃음으로 안부를 나누게 되었다는 것이었다.

지혜는 자리에 앉아 창밖을 물끄러미 바라보았다. 들끓었던 소문은 휴진의 빈자리처럼 흔적도 없이 사라졌다. 지혜는 단풍으로 물들 가을의 교정이 기대돼 미소를 머금었다.

하교 후 카페로 출근한 지혜는 정신없이 일하다 늦은 오후

가 되어서야 숨을 돌렸다. 설거지를 한 뒤, 젖은 손을 앞치마에 탈탈 털고는, 오늘도 어김없이 지정석에 앉아 있는 삼인방에게 말했다.

"나 오늘 마감 근무야. 너희는 배 많이 고프면 먼저 가서 저녁 먹어."

"같이 정리하고 들어가자."

호태가 말했다.

"시간 좀 걸릴 텐데 괜찮겠어?"

배 속에서는 이미 여러 번 허기의 신호가 피어났지만, 남자 아이들은 배시시 웃으며 고개를 끄덕였다.

"우리야 남는 게 시간이잖아."

석주가 너스레를 떨었다.

카페 영업 종료 후, 손님이 모두 빠져나가자 삼인방은 팔까지 걷어붙이고 지혜를 돕겠다며 나섰다.

"지혜, 너 은근히 힘세다."

카페 바닥을 물걸레질하던 석주가 꽉 찬 쓰레기봉투를 가지고 나오는 지혜를 보며 말했다. 능숙하게 봉투 끝을 말아 쥐고 뒷문으로 간 지혜가 얼마 지나지 않아 얇은 비명을 질렀다.

석주가 물걸레 자루를 던지고 뒷문으로 뛰쳐나갔다. 지혜가 불에 데인 듯 발을 동동거리고 있었다.

"왜 그래? 무슨 일이야?"

지혜가 석주 옆에 쪼르르 다가왔다. 지혜의 손가락이 가리킨 곳에는 인기척에 놀라 꽁무니를 빼는 쥐 한 마리가 있었다. 태어나 처음으로 쥐를 본 석주 또한 놀라긴 마찬가지였다.

"으아아아아아아아!"

지혜와 석주는 누가 먼저랄 것도 없이 비명을 지르며 서로를 있는 힘껏 껴안았다.

그때 호태가 남자 화장실의 쓰레기를 가지고 밖으로 나왔다.

"……어?"

호태는 주춤주춤 뒷걸음쳤다. 절친 두 사람이 난데없이 부둥켜안고 있는 모습에 당황한 것인지, 철렁하고 내려앉는 자신의 심장 때문인지 알지 못한 채.

진희가 카페에 들어온 호태의 얼굴을 보고는 무슨 일이냐고 물었다. 호태가 진희의 시선을 피하며 답했다.

"아, 아냐."

한편, 지혜는 코끝을 간질이는 석주의 향기와 자신의 등에 닿은 따뜻한 손바닥에 온몸이 바짝 굳었다. 그사이 쥐는 어디론가 사라져 보이지 않았다.

"이제 간 거 맞지?"

석주는 그제야 자신이 얼마나 힘주어 지혜를 안고 있었는지 눈치챈 듯 급히 몸을 뗐다. 지혜는 석주의 품속에서 벗어나자 깊은 물에서 건져진 사람처럼 번뜩 정신이 들었다.

"하하, 진짜 놀랐네."

지혜가 과장되게 너털웃음을 흩뿌리며 던져 버린 쓰레기봉투를 허둥지둥 주워 들었다. 석주도 황급히 카페 안으로 발걸음을 돌렸다.

"너 바깥에 있었어?"

"뭐? 왜?"

진희의 물음에 석주가 흠칫 놀라며 빠르게 받아쳤다.

"왜긴? 그냥 어디 갔나 했지."

"난 뭐 네 눈에 계속 보여야 되냐."

"쟤 왜 저래?"

진희가 심술이라도 난 듯 퉁명스럽게 말하는 석주를 이상하다는 눈길로 한참 쳐다보았다.

카페로 들어온 지혜는 그들의 이야기에 끼어들지 않고 부산스럽게 카운터를 정리했다. 호태가 눈을 가늘게 뜨고 그런 석주와 지혜를 번갈아 봤다.

카페 문을 닫은 그들은 분식을 사 들고 호태네 집으로 왔다. 커다란 식탁에 마주 앉은 네 사람. 정신없이 떠들며 분식을 먹는 중에도 호태는 무언가를 깊이 생각하는 얼굴이었다.

"맛이 없는 거야, 입맛이 없는 거야?"

석주가 벙벙한 얼굴로 어묵을 찍어 누르고 있는 호태에게 물었다. 호태는 그제야 정신이 든 얼굴로 "어?" 하고 되물었다.

"야, 손호태. 너 그거 안 먹을 거면 나 줘."

진희가 군침을 흘리며 말하자 호태가 자신의 어묵을 진희의 앞접시에 올렸다.

"오, 뭐야. 손호태가 안 하던 짓 하네."

지혜가 장난치며 웃자 호태가 입을 샐룩거리며 자리에서 일어나 물을 벌컥벌컥 들이켰다. 그러고는 거실 소파에 앉아 핸드폰만 만지작거렸다.

"쟤 오늘 진짜 배 안 고픈가 보다."

진희의 말에도 호태는 대꾸하지 않았다.

부모님의 호출을 받은 진희가 먼저 집으로 돌아갔고, 석주는 식탁에 앉아 지혜와 이야기를 나누고 있었다. 호태는 게임을 하며 그들 쪽으로 힐끔 시선을 던졌다.

석주가 집에 가려고 일어서자 웬일로 호태가 따라나섰다. 호태가 대문 앞에서 석주의 이름을 지그시 불렀다.

"김석주."

"왜?"

호태가 아랫입술을 깨물다 천천히 입을 열었다.

"너 말이야."

"어."

호태가 신경질적으로 마른세수를 하다가 돌연 결심한 얼굴로 나직이 물었다.

"……혹시 지혜 좋아하냐?"

호태가 날린 잽은 보기 좋게 석주의 안면을 강타했다. 석주는 예상치 못한 공격에 놀란 사람처럼 멍한 얼굴로 그 자리에 얼어붙었다.

그때 불쑥 목소리가 끼어들었다.

"야, 김석주! 너 지갑 두고 갔어!"

지혜의 목소리에 놀란 건 석주만이 아니었다. 호태 또한 당황한 듯 급하게 고개를 돌렸다. 지혜가 천진한 얼굴로 지갑을 석주에게 건넸다.

"둘이 뭘 그렇게 꽁냥 거려? 작별 인사치고는 너무 긴데?"

지혜의 말에 석주가 빠르게 인사를 하고는 황급히 대문 너머로 사라졌다.

"둘이 무슨 이야기라도 나눴어?"

지혜의 물음에 호태가 고개를 젓더니 들어가라는 듯 손짓했다. 지혜는 시선을 피하는 호태를 보며 오늘따라 이상하다는 듯 어깨를 으쓱거렸다.

며칠 뒤, 석주가 지혜에게 메시지를 보냈다.

「지혜야. 혹시 내일 볼 수 있어?」

잘 준비를 하던 지혜는 벌떡 일어났다. 할 말이 있다면 카페나 호태의 집으로 오면 될 일이었다. 지혜는 일단 알았다고 답장을 했다. 이상하게도 심장이 거세게 뛰기 시작했다.

「그럼 5시까지 수변 공원에서 볼까? 다른 애들한테는 말하지 말고.」

이어진 석주의 메시지에 지혜는 다시 침대에 풀썩 쓰러져 천장을 멍하니 보았다. 연거푸 머릿속을 강타하는 그날의 기억.

자신을 꽉 끌어안았던 석주의 향기와 손의 체온이 지혜를 간지럽혔다. 지혜는 기억을 떨쳐 내려는 듯 머리를 흔들었지만 그럴수록 감각은 선명해졌다.

다음 날 오후, 지혜가 나갈 준비하는 동안 아래층에서 복닥

거리는 대화 소리가 들려왔다. 진희가 야단을 떨며 호태네 집으로 방문한 것이다.

"오, 한정판 아니냐?"

"우리 형이 텐트까지 치고 줄 서서 구해 왔다는 거 아니야."

진희는 새로 출시된 게임팩을 들고 와 호태에게 신나게 자랑중이었다.

"대박. 근데 형이 순순히 빌려준 거?"

"아니, 우리 형 오늘 여자 친구랑 불꽃 축제 가서 늦게 올 거야. 옷장 안에 감춘 걸 내가 귀신같이 찾았지."

"석주는 하필 오늘 같은 날 약속이 있대. 그 자식 이거 보면 환장할 텐데."

호태가 아쉬운 목소리로 말했다.

가만히 이야기를 듣던 지혜는 석주의 이름이 나오자 괜히 뜨끔했다. 지혜는 스파이처럼 그들의 동태를 살폈다. 한참 망설이던 지혜는 약속 시간이 다가오자 눈을 질끈 감고 조심스럽게 아래층으로 내려갔다.

지혜의 발소리가 들리자 진희가 반갑게 인사를 했다.

"오, 지혜, 하이!"

진희는 테니스 스커트를 입은 지혜를 보자 눈이 휘둥그레졌다.

"어디 나가?"

넋이 반쯤 나간 채로 묻는 호태 앞에 지혜는 고개를 숙였다. 눈을 피하며 엉뚱한 곳을 보는 지혜. 그러나 호태와 진희는 지혜의 화사한 모습에 시선을 빼앗겨 미심쩍은 행동을 알아채지 못했다.

"오늘 그……, 친구를 좀 만나기로 해서."

"친구? 우리가 모르는 네 친구가 있었나?"

호태의 말에 지혜가 눈을 위아래로 굴렸다.

"우리 반 친군데, 조별 숙제가 있어서 같이 하기로 했어. 그럼 이따 봐!"

"무슨 숙제인데?"

호태의 물음에 지혜는 대답없이 후다닥 집 밖으로 나갔다. 등줄기에서 땀이 났다.

석주는 두 손을 꼭 쥔 채로 지혜를 기다렸다. 오늘따라 해가 더 쨍했다. 멀리서 자신을 부르는 목소리가 들리자 석주가 얼른 고개를 돌렸다. 나들이 나온 사람들 틈에서 지혜가 활기찬 걸음으로 자신에게 다가오고 있었다.

석주는 가늘게 눈을 뜨고 지혜가 맞는지 확인했다. 늘 보던 무지 티셔츠에 청바지 차림이 아닌, 무릎 위로 살짝 올라온 흰

스커트를 입고 레몬빛 셔츠를 입은 지혜. 석주는 시원한 바람이 가슴 한가운데를 스쳐 지나가는 것 같았다.

둘이서만 비밀로 만났다는 사실이 괜스레 쑥스러워 둘은 평소답지 않은 어색한 인사를 나눴다.

"미안, 좀 늦었지?"

"늦기는. 나도 방금 왔어."

빛나는 호수의 수면을 바라보며 지혜가 살짝 눈을 찌푸렸다. 늦은 오후의 햇살이 어찌나 밝은지 지혜의 뺨 위 솜털까지 다 보일 지경이었다.

"지혜야, 덥지? 카페 가서 시원한 거 마시자."

"그럴까?"

잠시 공원을 산책하던 두 사람은 공원 안 카페에 들어섰다.

"뭐 마실래?"

"나는 레모네이드."

지혜의 말에 석주가 고개를 끄덕였다.

"같이 가."

"아니야, 내가 사 올게."

석주가 웃으며 지혜를 자리에 앉혔다. 지혜는 석주의 뒷모습을 가만히 바라보았다. 익숙한 모습이었지만 오늘따라 무척 낯

설게 느껴졌다.

잠시 후 음료를 두고 마주 보고 앉은 두 사람. 석주가 먼저 입을 뗐다.

"저기, 지혜야."

"응."

석주가 다시 침묵했다. 고민하는 모습이었다. 지혜는 의식적으로 허리를 쭉 폈고 눈가에 바짝 힘을 줬다.

"……이거 받아."

석주가 건넨 건 두툼한 편지 봉투였다. 겉봉에는 아무런 글씨도 없었다.

"이게 뭐야?"

석주가 지혜의 눈을 지그시 바라보았다.

"보면 알 거야."

석주는 지혜가 편지 봉투를 여는 모습을 보자 덩달아 긴장해 두 손을 꽉 쥐었다.

석주는 어제 담임선생님과의 긴 면담 후 늦게 하교하던 길에 교문 앞에서 만났던 중년 여자를 떠올렸다. 여자는 교문 앞을 서성이며 누군가를 찾고 있는 것 같았다.

석주와 여자의 눈이 마주쳤다. 석주는 여자의 얼굴이 어디서

본 듯한 인상이라는 기분이 들었다. 석주의 시선을 느낀 여자가 기다렸다는 듯 다가왔다.

"저기……. 이 학교 학생이죠?"

"네. 맞습니다."

"혹시 몇 학년인가요?"

"2학년이요."

"아, 2학년이구나. 잘 됐네."

여자의 목소리에 묘한 반가움이 느껴졌다. 석주가 조심스레 물었다.

"제가 도와 드릴 일이라도 있을까요?"

망설임과 난처함이 반반 섞인 얼굴로 말했다.

"……혹시 최지혜라고 알아요? 학생이랑 학년은 같아요. 내 딸인데 올 초 전학 왔고요."

석주는 그 말을 듣자 납득이 갔다. 선이 곱고 반듯한 눈매와 초승달 같은 눈썹, 부드럽게 이어지는 콧대와 입매 사이. 지혜는 엄마를 닮은 게 확실했다.

"알죠. 저 지혜 친구예요."

"어머나, 너무 잘 됐다! 정말 잘 됐다. 그럼 내 부탁 좀 들어줄 수 있을까요?"

"네, 그럼요."

"그럼 우리 딸에게 이 편지를 전해 줄 수 있나요? 내가 아직 지혜 앞에 나설 면목이 없어요. 사정이 있거든요. 꼭 좀 전해 줘요. 부탁할게요."

"네, 걱정 마세요. 꼭 전할게요."

석주가 편지를 받아 들자 지혜의 엄마는 안도 섞인 탄식을 뱉으며 환한 미소를 지었다. 석주는 그토록 간절한 목소리는 처음이었다. 지혜의 엄마는 떠나가며 몇 번이나 석주를 돌아보았다.

편지의 마지막 장에 다다르자 지혜의 눈시울이 붉어졌다. 손등으로 축축해진 자신의 눈가를 닦아 내던 지혜는 미안하다는 말을 하며 카페 밖으로 나가 버렸다.

"지, 지혜야!"

석주는 허겁지겁 지혜의 뒤를 쫓았다. 지혜는 화단의 돌담에 앉아 눈물을 주룩주룩 흘리고 있었다.

지나가던 사람들이 하염없이 눈물을 쏟는 지혜와 그런 지혜를 바라보는 석주를 보며 수군거렸다. 석주는 남의 시선에 개의치 않고 그간의 설움을 털어내는 지혜의 곁을 묵묵히 지켰

다. 석주는 지혜의 마음이 나아지기만 한다면 몇 시간이고 그렇게 있을 수 있다고 생각했다.

얼마나 지났을까. 어느새 해가 지고 하늘이 어둑해져 있었다. 지혜의 울음이 잦아들자 석주가 물었다.

"괜찮아?"

"으응."

가시지 않은 울음기 사이로 지혜가 대답했다.

석주가 조심스레 지혜 앞으로 가 쪼그려 앉았다. 붉게 물든 눈을 비비며 지혜가 민망한 듯 미소를 지었다.

"갑자기 울어서 미안. 이제 정말 괜찮아."

"좀 걸을까?"

저 멀리 대나무 숲이 보였다. 두 사람은 나들이객들을 따라 그곳으로 걸음을 옮겼다.

가로등 불빛이 영롱하게 퍼져 있는 대나무 사이의 산책길을 걸으니 지혜는 어쩐지 마음속까지 청량해지는 기분이 들었다.

석주가 말했다.

"있잖아."

"응."

"임금님 귀는 당나귀 귀 할까?"

지혜가 그제야 고개를 들어 석주를 보았다.

"여기 대나무 숲이잖아. 임금님 귀는 당나귀 귀! 끙끙 앓고 있는 말 시원하게 외쳐야지."

석주가 천진난만한 웃음을 지었다.

"너는 항상 마음속에 말을 가둬 놓잖아. 좀 시원하게 쏟아내도 되지 않을까 생각한다, 난."

"……뭐래."

"말하기 싫으면 안 해도 돼. 하지만 털어놓으면 엄청 속 시원할 걸?"

석주가 장난스러운 표정을 지으며 손가락 끝으로 자신을 가리켰다. 지혜는 그런 석주를 보며 미소 지었다. 둘은 다시 앞을 향해 걸었다.

"우리 엄마 어땠어?"

"어머니? 좋아 보이셨어."

"다행이다. 음……."

신중하게 말을 고르던 지혜가 차분하게 이야기를 시작했다.

엄마와 아빠의 이혼, 지혜는 알지 못했던 엄마와 아빠의 사연. 그리고 혼자가 된 이유.

아빠는 엄마를 사랑했지만 그 사랑은 집착의 경계에 아슬아

슬하게 걸쳐 있었다. 엄마는 그 시간을 인내로 버텼지만 더는 무리였다. 아빠는 다시 공부를 시작하겠다는 엄마를 자기만의 상상으로 의심하기 시작했다.

결국 엄마는 이혼 후 지혜를 두고 훌쩍 떠났다. 아빠의 집착은 지혜에게로 향했고 지혜는 그런 아빠를 더는 견딜 수 없었다. 게다가 우유고의 사건까지 터졌다. 숨구멍이 필요했던 지혜는 금 거북이를 훔쳐 달아나 홀로 힘겹게 여기까지 왔다. 힘에 부칠 때마다 자신을 두고 간 엄마를 원망하던 지혜였다.

하지만 편지에는 엄마의 피치 못할 상황이 길게 설명되어 있었다. 엄마는 지혜를 데려가고 싶었지만 아빠는 그것마저 허락하지 않았다고 했다. 엄마는 스스로가 초라하지 않을 때, 지혜를 만나고 싶다는 마음을 전했다. 지혜는 엄마의 마음을 이제 조금은 이해할 수 있을 것 같았다.

"아직은 혼란스럽지만, 이렇게 울고 나니까 또 괜찮네. 이제 퍼즐이 맞춰진 기분이 들어."

"역시 최지혜."

석주가 지혜의 등을 살짝 두드렸다. 응원이 담긴 차분하고 다정한 손길.

지혜는 그만 딸꾹질이 나왔다. 한동안 딸꾹질이 이어지자 석주가 편의점에서 물을 사 오겠다고 했다.

지혜는 한달음에 편의점으로 향하는 석주를 바라봤다. 아까까지만 해도 끓어 넘칠 것 같던 마음이 몽글몽글 제 온도를 찾아 가는 듯 했다.

잠시 후, 물병과 함께 돌아온 석주에게 지혜가 무언가를 내밀었다.

"석주야, 이거."

석주가 받아 든 것은 작은 메모지였다. 메모지에는 '대나무숲 쿠폰'이라는 글씨와 함께 대나무 그림이 앙증맞게 그려져 있었다. 석주가 편의점에 간 사이, 지혜가 뚝딱 만들어 낸 쿠폰.

"잘 가지고 있다가 너도 말하고 싶은 게 생기면 써. 내가 무슨 이야기든지 들어 줄게."

"어떤 이야기든 상관없이?"

"그럼. 나도 속 시원하게 들어 줄게."

석주는 자신의 지갑 깊숙이 지혜가 준 쿠폰을 넣었다.

함께 저녁을 먹은 후, 호태의 집으로 돌아온 석주와 지혜는 머뭇거렸다.

"아무래도 둘이 같이 들어가는 건 좀 그렇지?"

지혜의 물음에 석주가 고개를 끄덕였다.

"응, 약속 있다고 했거든."

"나도 반 친구랑 조별 숙제하러 간다고 했어."

어설픈 지혜의 거짓말에 석주가 싱긋 웃었다.

"앞에서 만났다고 하면서 같이 들어갈래?"

지혜의 제안에 석주가 단호하게 고개를 저었다.

"아니, 난 집에 갈게. 감기 기운 있어서 약속 끝나고 집 가자마자 약 먹고 잤다고 하면 돼."

"난 애들한테 거짓말하면 다 티 날 텐데."

"거짓말 아니고 우리 둘만의 비밀!"

"아……. 둘만의 비밀."

지혜는 저도 모르게 혼잣말했다. 석주가 그 모습을 보고 빙그레 웃었다. 지혜는 수줍게 작별 인사를 하며 마당의 돌계단을 사뿐히 뛰어올랐다.

"어, 왔냐?"

깨금발로 들어서던 지혜가 호태의 인사에 멈칫했다. 제 발 저린 지혜는 아무 말이나 쏟아 냈다.

"앗, 응! 아직도 게임 중이네. 너희 밥 먹었어? 먹을 거라도 사 올 걸 그랬나?"

"아냐. 우리 뭐 많이 먹었어."

호태가 화면에 눈을 고정한 채로 말했다. 지혜는 자신의 부은 두 눈을 호태에게 들키지 않았다는 사실에 안심이 되면서도, 미묘하게 어색한 분위기가 느껴져 다락으로 빠르게 올라갔다.

호태는 지혜가 올라가자 슬며시 거실 베란다로 나가 밖을 보았다. 점처럼 멀어지는 석주의 뒷모습을 호태는 귀신같이 알아보았다.

"베란다에서 뭐 해?"

화장실에서 나온 진희가 묻자 호태가 눈을 피하며 나직이 답했다.

"그냥, 더워서."

다음 날, 여전히 눈이 퉁퉁 부어 있는 지혜가 거울을 보며 투덜거렸다.

"어제보다 더 심하네. 못 살아."

지혜가 카페에 가기 위해 아래층으로 내려가자 마침 호태가 나갈 준비를 하고 있었다.

"어디 가?"

"응. 약속이 있어서. 이따 시간 되면 카페 들를게."

지혜의 부은 눈을 두고 농담이라도 한마디 던질 줄 알았건만, 호태는 담백하게 손을 흔든 뒤 밖으로 나갔다.

"이따 시간 되면? 언제는 시간 내서 카페에 왔나."

지혜는 평소 같지 않은 호태의 말이 서운해 입을 삐죽 내밀었다. 이런 걸로 마음이 쓰이다니. 지혜는 뺨을 톡톡 두드리며 고개를 가로저었다.

오후 무렵 혼자 슬리퍼를 타달거리며 석주가 홀로 카페에 들어왔다.

"어? 석주야."

지혜가 석주 뒤를 살피며 물었다.

"호태랑 진희는 같이 안 왔어?"

"응? 나도 방금 그거 물어보려고 했는데. 호태는 카페에 있던 거 아니야?"

석주가 고개를 갸웃했다.

"진희는 특강 들으러 간다고 했고, 그럼 호태 어디 간 거지? 나한테도 아무 얘기 없었는데."

둘은 잠시 어리둥절한 얼굴로 서 있었다. 석주가 이내 별일 아니라는 듯 딸기 라테 한 잔을 주문했다. 호태는 이후로도 연락이 쭉 없었다. 하는 수없이 석주와 지혜는 둘이서 저녁을 먹고 집으로 돌아갔다.

그날 밤, 하루종일 피시방에 있다가 집으로 터덜터덜 돌아오던 호태는 골목 끝에서 들려오는 지혜의 웃음소리를 단번에 알아들었다.

두 사람의 모습이 보이자 호태의 발걸음이 멈칫했다. 둘은 한없이 다정해 보였다. 호태는 부루퉁한 얼굴을 숨기고 아무 일도 없는 척 그들에게 다가갔다.

"어? 호태다. 어디 갔다 와?"

석주가 호태를 보고 반갑게 물었다.

"오늘 떡볶이 집 사장님이 서비스로 튀김도 더 주셨는데. 너도 같이 갔으면 좋았을걸. 우리 둘이 꾸역꾸역 다 먹었잖아."

지혜가 웃으며 말했다. 호태는 가로등 밑에 선 지혜의 뺨이 오늘따라 붉어 보이는 건 착각이 아닐 수도 있겠다는 생각이 들었다.

"뭐, 재밌었겠네."

호태는 툭 내뱉고는 둘을 쌩하니 지나쳐 대문으로 들어갔다. 석주와 지혜가 까닭 모를 얼굴로 서로를 마주 보며 어깨를 으쓱했다.

"오늘 호태 왜 저러지?"

"밥 안 먹었나? 배고프면 쟤 저러잖아."

지혜는 호태 몫까지 인사하듯 석주에게 밝게 외쳤다.

"석주야. 데려다줘서 고마워. 조심히 가!"

지혜의 환한 목소리에 대문 뒤에 우두커니 서 있던 호태가 턱에 힘을 줬다. 집에 들어오자마자 지혜는 호태에게 들뜬 목소리로 재잘거렸다.

"오늘 카페에서 진짜 웃긴 일 있었다? 석주가 글쎄……."

"……나 먼저 잔다."

단호한 호태의 말에 지혜의 얼굴에 당황한 빛이 서렸다.

"너 혹시 무슨 일 있었어?"

"일은 무슨. 진짜 피곤해서 그래. 아무튼 나 잔다."

"……잘 자."

지혜가 의기소침하게 말했다.

방문을 닫자마자 호태의 눈앞에 지혜의 얼굴이 잔상처럼 아른거렸다. 성가신 감정의 정체를 알 수 없어 호태는 길게 한숨을 쉬었다.

지혜는 굳게 닫힌 호태의 방문 앞을 잠시 서성이다 다락으로 올라갔다. 평소 호태의 까칠한 성격과는 다른 차가움이 느껴졌다. 호태에게 무슨 실수라도 한 것일까 곰곰이 헤아려 보았지만 떠오르는 것이 없었다.

열린 창문으로 들어오는 바람이 이전보다 차갑게 느껴졌다. 지혜는 창밖으로 고개를 내밀어 가을 냄새를 느꼈다.

"호태도 가을 타나?"

지혜는 시무룩한 얼굴이 되었다.

창밖으로 가로등의 작은 불씨가 타들어 가듯 점멸하고 있었다. 바람이 다정하게 지혜의 머리칼을 매만졌지만 호태 생각에 쓸쓸한 기분이 가시지 않았다.

그 사이 호태는 우두커니 벽에 등을 기대 앉아 깊은 상념에 빠져 있었다. 주홍빛 조명을 하염없이 바라보던 호태는 깊은 새벽까지 잠들지 못했다.

6화 생일 소원

지혜는 아침 일찍 부엌으로 가 전날 사둔 미역을 불렸다. 창 밖을 보니 가로수가 이미 붉게 물들어 있었다. 생일이 다가왔다는 신호. 지혜는 울긋불긋한 가로수 풍경이 자신의 생일을 축하하기 위한 자연의 오너먼트 같다고 생각했다.

"웬 미역국?"

고소한 냄새에 일찌감치 일어난 호태가 미역국을 휘휘 젓고 있는 지혜를 보며 말했다. 지혜는 차마 오늘이 생일이라는 말이 입에서 떨어지지 않았다.

요즘 들어 부쩍 툴툴대는 호태였지만 어쨌든 지혜의 소중한 은인이자 친구였다. 지혜는 미소 지으며 호태에게 말했다.

"한 그릇 할래?"

지혜의 말에 호태가 잠시 우물쭈물했다.

"정성을 봐서 한 그릇 해 줘라."

지혜가 처량한 목소리로 권하자 호태가 눈썹을 까닥이며 식탁에 앉았다. 지혜는 그래도 호태가 있어 휑한 생일상은 아니라고 자신을 위로했다.

호태가 미역국을 한 숟갈 떠 입에 넣었다. 몇 숟갈 더 뜨던 호태가 갑자기 자리에서 일어났다. 엄격한 미식가의 얼굴로 국을 잠시 내려다보던 호태가 입술을 달싹이더니 말했다.

"뭐, 나쁘지 않네."

호태는 즉석밥 하나를 가져와 미역국에 차지게 말아 먹었다. 시큰둥한 표정과 달리 수저질을 쉬지 않는 호태. 지혜는 시원스레 국을 들이키는 호태를 힐긋거렸다. 한 방울도 남기지 않고 깨끗하게 비운 호태의 그릇을 보자 그간 켜켜이 쌓인 서운함도 한번에 날아가는 것 같았다.

"나 오늘 알바 일찍 끝나는데 저녁에 맛있는 거 먹을래?"

등굣길, 지혜가 삼인방에게 물었다. 셋이 서로를 바라보며 뜸을 들였다.

"어쩌지, 나 저녁에 엄마 심부름. 카페도 못 들를 것 같아."

석주의 말에 가방끈을 붙잡고 있던 지혜의 손이 스르르 아래로 미끄러졌다. 이윽고 호태가 말을 받았다.

"나도 아빠가 미국에 물건 좀 보내 달래서 그거 사러 가."
"난 입시 설명회……."
진희마저 난처한 표정으로 말했다. 지혜가 아쉬운 듯 중얼거렸다.
"하필 오늘 다들 바쁘네."
"하필 오늘? 오늘이 무슨 날인데?"
어리둥절한 얼굴로 되묻는 진희를 보며 지혜는 목구멍까지 차오른 '생일'이라는 말을 억지로 삼켰다.
"모처럼 알바 일찍 끝나는 날이지, 뭐. 에이, 그럼 나 혼자 맛난 거 사 먹어야겠다."
지혜가 태연한 척 말했다. 삼인방도 의식하지 못했는지 대수롭지 않게 다른 주제로 재잘거리기 시작했다.

방과 후, 카페에 도착한 지혜는 괜히 문을 힐끔거렸다. 하지만 기대했던 얼굴들은 등장하지 않았다. 남자아이들과 함께 있는 카톡 단체 창마저 조용한 하루였다. 지혜는 씁쓸한 감정을 숨기려 홀로 주먹을 불끈 쥐고 파이팅을 외쳐 보았다.
눈코 뜰 새 없이 밀려오는 주문에 지혜는 정신없이 음료를 만들었다. 잠시 카페가 한가해진 뒤에야 지혜는 후, 하고 숨을 고르며 의자에 앉았다. 그때 테이블에 앉아 있는 진희를 발견하고는 눈을 크게 떴다.

“어, 뭐야? 언제 왔어?”

진희가 지혜에게 손을 흔들었다.

“아까. 너 엄청 바빠 보여서 얌전히 앉아 있었지.”

“너 오늘 입시 설명회 가는 거 아니었어?”

“아, 생각보다 빨리 끝났어.”

“진짜? 요즘 특강으로 바쁘더니 간만에 여유 있네.”

“응. 그래서 말인데 나랑 놀아 주면 안 될까? 오늘 너 일찍 끝난다며.”

“나야 좋지.”

지혜가 환하게 웃으며 말했다. 지혜의 반응에 진희도 덩달아 크게 미소 지었다.

해가 짧아져 일찌감치 주위가 어둠에 잠겨 있었다. 늘 카페 안에서 거리의 인파를 구경하던 지혜는 모처럼 맞은 저녁의 여유에 한껏 들떠 있었다. 무엇보다 생일을 혼자 보내지 않아도 된다는 기쁨에 웃음이 나왔다.

“어디 가지?”

지혜의 말에 진희는 일단 큰길 쪽으로 나가자고 했다.

"와, 사람들 되게 많다. 날씨가 좋아서 그런가?"

지혜의 말에 진희가 맞장구를 쳤다.

"그러게. 일단 배부터 채울까?"

지혜가 눈을 반짝였다.

"나 먹고 싶은 거 있어."

지혜는 얼마 전, 유명 햄버거 가게의 정보를 캡처해 두었다. 마침 그 가게는 카페 거리 근처였다. 녹은 치즈를 뒤집어쓴 햄버거 안에는 각종 야채를 비롯해 특제 양념 소스로 버무린 패티가 들어 있었다.

지혜와 진희는 가게 입구에서 혀를 내둘렀다. 대기 인원이 10명이 넘었다. 직원은 최소 40분은 기다려야 한다며 대기를 걸고 가면 차례가 됐을 때 연락을 준다고 했다.

"오래 기다려야 되네. 다른 데 갈까?"

진희가 개의치 않는다는 듯 어깨를 으쓱했다.

"지혜 네가 오고 싶었던 데라며. 나도 이렇게 사람 많은 거 보니까 얼마나 맛있는지 먹어 보고 싶다. 기다리는 동안 이 근처 구경이나 하자."

둘은 다시 거리로 나왔다. 트렌치코트와 가죽 재킷을 꺼내 입은 사람들은 선선한 가을을 즐기는 얼굴이었다. 전면이 통유리로 된 셀프 즉석 사진관에서 여고생 한 무리가 웃으며 거울을 보고 있었다. 지혜가 걸음이 느려졌다.

"요새 네 컷 사진관 진짜 많이 생긴다. 한 길 건너 하나네."

지혜의 말에 진희가 고개를 돌렸다.

"그러게. 이렇게 많은데 정작 한 번도 안 찍어 봤어."

"나도."

"그럼 이참에 하나 찍을래? 어차피 시간도 남는데."

진희가 툭 내뱉은 말에 지혜가 얼른 핸드폰에 비친 얼굴을 확인했다.

"나 지금 너무 구린데."

"예뻐."

진희의 말에 지혜가 눈을 동그랗게 떴다. 진희는 민망한 듯 사진관 안으로 휙 들어가 버렸다.

셀프 즉석 사진관에는 가발과 장난감 같은 장신구, 특이한 모양의 선글라스와 인형 탈까지 다양한 소품들이 있었다. 진희는 어색한 듯 머뭇거렸지만 지혜는 스스럼없이 요란한 가발을 써 보고 거울에 비친 자신을 보며 장난스러운 표정을 지었다.

"너 이거 써 봐."

지혜는 진희에게 귀여운 토끼 머리띠를 주었다. 진희가 어쩔 줄 몰라 하자 지혜가 직접 머리에 씌워 주었다.

"아, 귀여워."

지혜가 박수까지 치며 좋아했다.

"이것도 써 봐."

신이 난 지혜가 선글라스들을 잔뜩 들고 왔다. 꽃 모양부터 하트 모양 선글라스까지 각양각색이었다.

"하트 모양부터 써 보자. 머리띠랑 어울릴 것 같은데."

진희가 마지못해 선글라스를 받아 들었다. 안경을 벗는 순간, 지혜가 진희의 팔목을 잡았다.

"헐, 진희야."

"왜, 왜 그래?"

지혜가 미간을 잔뜩 찡그리며 진희의 얼굴을 가만히 바라보더니 말했다.

"너…… 속눈썹 엄청 길다."

"뭐래."

진희가 민망함을 숨기려 얼른 선글라스를 썼다.

"너도 이거나 써."

진희가 긴 금발 가발을 내밀었다. 지혜는 그것을 받아 덥석 머리에 썼다.

"와, 진짜 잘 어울린다. 영어 한마디도 못하는 유학생 같아."

"뭐어?"

지혜가 쾌활하게 웃으며 플라스틱 요술 봉까지 들었다. 꽃 모양의 선글라스까지 쓰자 영화 속 괴짜 캐릭터 같았다.

"와, 이 꼴을 나만 보다니 진짜 아쉽다."

진희가 집게손가락으로 지혜의 가발을 잡아당기며 말했다.

지혜와 진희는 나란히 머리띠를 한 채 제일 앞쪽에 위치한 칸에 들어갔다. 작동 방법을 살피느라 버벅거리는 와중에도 둘은 즐거워 킥킥거렸다.

"자, 찍는다."

지혜가 볼을 감싸며 포즈를 취했다.

"좀 웃어. 손 이렇게 해 봐."

지혜가 진희의 오른손을 잡아 토끼 머리띠 끄트머리로 갖다 댔다. 한 프레임에 나오기 위해 바짝 붙은 두 사람, 어깨가 맞닿자 진희는 저도 모르게 긴장한 듯 살짝 움츠렸다. 머뭇거리던 진희도 카메라를 보며 활짝 웃었다.

지혜는 사진이 인쇄되는 동안에도 뭐가 그리 즐거운지 해맑게 웃었다. 스스럼없이 장난치는 사이지만, 진희는 왠지 오늘따라 지혜가 새삼스러운 느낌이었다. 네 컷 사진을 찍는 것도,

번화가에 있는 소문난 맛집에 가는 것도 새로웠다.

"너 이거 잃어버리지 말고 평생 간직해. 나중에 석주랑 호태도 같이 와서 또 찍자."

"그래."

진희는 흐뭇한 얼굴로 지혜를 바라보았다. 지혜가 웃는 것만 봐도 진희는 미소가 지어졌다.

"이제 우리 차례 왔다. 10분 뒤 입장하라는데? 빨리 가자."

지혜의 말에 둘은 종종걸음으로 다시 햄버거 가게로 갔다.

"우아."

직원이 녹은 치즈를 햄버거 위에 살살 덮자, 둘은 합심해 탄성을 질렀다. 지혜는 핸드폰으로 연신 사진을 찍었고 진희는 가게 내부를 둘러보며 신기하다는 표정을 지었다. 홀에는 사람이 북적였다.

"완전 힙하다."

"촌스러운 티 내지 말아 줄래?"

지혜의 구박에 둘은 쿡쿡 웃었다. 지혜가 커다란 햄버거를 어찌 먹어야 하나 고민하자 진희가 나이프로 정성스럽게 햄버거를 잘랐다.

"오, 역시 여동생이 있어서 다르구나."

"여동생한텐 절대 안 해. 오히려 내가 걜 시켜 먹지."

햄버거를 입 안 가득 우물거리며 지혜가 연신 감탄했다. 정신없이 햄버거를 해치운 두 사람은 포만감에 나른해졌다.

"진짜 맛있었다. 앞으로도 가끔 오자."

"그래, 네 덕분에 나도 이런 곳엘 와 보네."

"그러고 보니 너나 나나 하루하루가 정신 없는 것 같아. 넌 주말에도 특강 들으러 강남까지 가잖아. 밤 늦게 과외도 받으면 힘들지 않아?"

"힘들지. 그런데 뭐 어쩔 수 있나. 수능 때까지는 이게 내 운명이구나 하고 받아들여야지."

"넌 공부가 재미있어? 난 너처럼은 못할 거 같은데."

진희가 지혜의 말에 난처한 얼굴로 웃었다.

"세상에 공부가 재미있는 사람이 어디 있어. 그냥 부모님이 기대가 크시니까……. 실망시키지 않으려고 노력하는 거지."

"부모님의 기대?"

"어릴 때부터 부모님은 내가 의대에 가길 원하셨어. 의사 아빠에 의사 아들, 부모님의 오랜 로망이거든."

진희의 이야기에 빵빵하게 볼 풍선을 만들고 생각에 잠긴 지혜가 의미심장한 얼굴로 물었다.

"흐음, 그럼 넌? 네가 원하는 건 뭔데?"

"나? 난 사실 프로그램 개발 하고 싶어. 소프트웨어 개발자."

"소프트웨어 개발자? 와, 진희 너랑 딱 어울린다. 호태가 그러던데 너 게임도 만들었다며?"

"응. 근데 별 거 아니야."

그러면서 진희는 아이처럼 신난 얼굴로 자신이 만든 게임에 대해 설명하기 시작했다. 지혜는 진희를 가만히 바라보았다.

"너 지금 무진장 신나 보여."

"내가?"

지혜가 디저트로 나온 아이스크림을 크게 한 스푼 떠먹으며 말했다.

"응. 난 진희 네가 원하는 일 했으면 좋겠다. 끌리는 거, 자꾸 생각나고 하고 싶은 거."

손사래를 치며 지혜의 말을 흘렸지만 진희는 왠지 가슴이 두근거렸다. 진희는 '원하는 일……?' 하고 조용히 지혜의 말을 곱씹었다. 사실 진희가 가장 듣고 싶은 말을, 지혜가 해 준 건지도 몰랐다.

그때 진희의 핸드폰이 울렸다.

"여보세요. 아, 벌써요? 네."

전화를 받은 진희의 눈빛이 곤란해 보였다.

"무슨 일 있어?"

"미안, 나 이제 가야 돼."

"아, 정말? 엄마가 찾으셔?"

"어? 어……."

진희가 우물거리며 가방을 주섬주섬 챙겼다. 지혜도 들고 있던 숟가락을 놓은 뒤 덩달아 가방을 챙겼다.

"먹어. 너 다 먹으면 가자."

"엄마가 찾으신다며. 급한 거 아니야?"

"괜찮아. 뛰어가면 돼."

진희가 테이블에 놓여 있는 스푼을 다시 지혜에게 쥐어 주었다. 진희는 지혜가 눈치채지 못하게 시계를 확인하면서도, 지혜가 아이스크림을 다 먹을 때까지 끝까지 자리를 지켰다.

햄버거 가게를 나와 두 사람은 횡단보도 앞에 섰다.

"오늘 진짜 재미있었어. 고마워, 진희야."

"우리 사이에 무슨."

진희가 손을 흔들었다. 신호등이 켜지자마자 후다닥 뛰어가는 진희의 뒷모습을 바라보며 지혜는 정말 기억에 남는 생일이 된 것 같다고 생각했다.

지혜는 쇼윈도를 구경하다 무언가 생각난 듯 햄버거 가게를 다시 들렀다. 포장은 대기 시간이 없었다. 지혜는 호태에게 줄 치즈버거를 들고 씩씩하게 집을 향해 걸었다.

창문은 모두 어두컴컴했다. 집안에 아무도 없는 모양이었다.

"호태 어디 갔나 보네. 햄버거 따뜻할 때 먹어야 맛있을 텐데……."

지혜는 비밀번호를 누르고 현관 문고리를 젖혔다. 문이 활짝 열리는 순간, 폭죽과 함께 환호가 터져 나왔다.

"최지혜, 열여덟 번째 생일 축하해!"

캄캄했던 거실이 갑자기 환해지며 삼인방이 나타났다. 지혜는 너무 놀라 그 자리에서 서서 눈을 휘둥그레 떴다.

거실 천장에 달아 놓은 알전구가 별빛처럼 반짝였다. 바닥에는 알록달록한 풍선이 한가득 놓여 있었고 무선 스피커에서는 재즈풍의 생일 축하 노래가 흘러나왔다.

세 명은 목을 가다듬더니 생일 축하 노래를 불렀다. 누군가 힘껏 과장해 바이브레이션을 넣자, 이에 질세라 남은 두 사람도 목청 높여 노래를 불러 댔다. 벙 쪄 있던 지혜가 함박웃음을 터트렸다.

노래가 끝나고 지혜는 두 볼이 잔뜩 상기되어 있는 진희를 발견했다.

"너…… 집에 가는 게 아니고 여기 오려고 뛴 거였어?"

"우리가 준비하는 동안 진희를 스파이로 보냈지."

진희가 웃으며 고개를 끄덕이자, 호태가 의기양양하게 말했다.

"뭐? 야, 이진희. 너 나 속인 거였어?"

"속이긴 무슨. 다 계획의 일부였지."

지혜의 앙칼진 물음에 진희가 뻔뻔하게 답했다.

"자, 그럼 하이라이트."

석주가 지혜를 끌고 와 식탁에 앉혔다. 커다란 케이크 위, 촛불이 일렁이고 있었다.

"소원 빌고 촛불 꺼."

지혜가 눈동자를 굴리며 잠시 고민하다 이내 두 손을 모았다. 촛불을 후, 하고 불자 아이들이 박수를 쳤다.

"축하해. 최지혜!"

호태가 생크림을 찍어 지혜의 코끝에 묻혔다. 지혜가 웃음을 머금은 채 콧잔등을 찡그렸다. 다 같이 웃고 있는 찰나의 순간, 지혜는 이 순간이 현실이라는 게 믿기지 않아 몇 번이나 남자 아이들을 바라보았다.

"자, 그럼 이제 대망의 선물 언박싱."

셋은 자기들이 더 들뜬 얼굴로 알록달록 포장한 상자를 내밀었다.

"어서 풀어 봐. 오늘 이거 사러 가느라 석주랑 나랑 지하철 몇 번이나 갈아탔다고."

호태는 한정판 운동화를 구하기 위해 왕복 2시간 거리의 편집숍까지 다녀온 이야기를 무용담처럼 늘어 놓았다.

상자에는 새하얀 운동화가 들어 있었다. 끈을 교차하는 부분에는 동화《이상한 나라의 앨리스》의 앨리스와 토끼 모양 장식이 달려 있었다.

"착각할까 봐 말해 두는데 토끼가 너고, 우리가 앨리스란다. 돈 받으러 끝까지 쫓아다니는 게 꼭 우리 같지 않냐."

호태가 어깨를 으쓱거리며 이어 말했다.

"일단 신어 봐. 너 맨날 신는 운동화 밑창 다 까졌더라."

운동화를 신어 본 지혜가 환한 미소를 머금었다.

"꼭 맞아. 되게 편해. 이거 엄청 비싼 거 아니야?"

"아, 네가 꼬박꼬박 갚은 돈, 여기에 썼지. 흐흐. 바로 내 아이디어다."

진희가 과장된 동작으로 팔짱을 끼며 말했다.

"진짜?"

셋은 뿌듯한 얼굴로 지혜를 향해 웃었다. 지혜는 감격에 겨운 얼굴로 남자아이들이 준비해 준 자신의 생일 풍경을 찬찬히 살폈다. 지혜는 이 순간이야말로 절대 값으로 매길 수 없는 생일 선물이라고 생각했다.

"그런데 아까워서 못 신을 것 같아."

지혜는 운동화를 안은 손에 힘을 주며 말했다.

"신어. 막 신어. 그러라고 산 거야. 이거 신고 가고 싶은 데도 가고, 걷고 싶은 데도 걸어 보고."

석주가 정다운 목소리로 말했다.

"얘 안 그래도 달리기 엄청 빠른데 이거 신고 우사인 볼트 되는 거 아니야?"

진희가 콧잔등까지 내려온 안경을 치켜올리며 말했다. 화기애애한 분위기 속 지혜의 눈시울이 붉어졌다.

"자자, 이제 케이크 한 입씩 해야지!"

지혜를 멀거니 바라보던 호태가 우렁차게 말했다.

삼인방이 미리 사놓은 과자와 과일 주스, 치킨, 떡볶이, 케이크, 그리고 지혜가 사온 햄버거를 놓고 넷은 식탁에 둘러앉아 담소를 나눴다.

"내 생일은 어떻게 알았어?"

지혜의 말에 석주가 눈을 동그랗게 뜨고는 물었다.

"너 기억 안 나?"

"뭐?"

"6학년 때 반에서 네 생일 파티 했었잖아. 그날 내가 집에 가다가 자빠져서 깁스했었거든. 그래서 잊을 수가 없지."

"아! 맞다, 맞다. 나 기억 나."

지혜가 그때의 일을 회상했다.

"맛있네."

호태가 불쑥 끼어들었다. 햄버거 맛을 궁금해하는 석주에게 한 입도 나눠주지 않고 호태는 햄버거를 우적우적 먹었다.

"아, 아까 진희랑 나랑 찍은 사진 보여줄까?"

지혜가 통통 발을 구르며 가방에서 사진을 꺼냈다.

"이진희, 너 무슨 짓을 한 거야."

석주가 사진을 보고 풋, 웃음을 터트리며 말했다.

"우리 둘 다 네 컷 사진 처음 찍은 거 알아? 진짜 재밌었어."

지혜가 쉼없이 재잘거렸다.

"숨 안 차? 오늘 우리 다 허락 받아서 밤새 놀 거야. 시간 많으니까 하나씩 천천히 말해."

석주의 말에 지혜는 희미한 인디언 보조개가 짙어질 만큼 방긋 웃었다.

"좋아. 오늘 내 생일이니까 내 마음대로 할 거야."

그때 지혜가 호태의 볼에 묻은 햄버거 소스를 발견하고는 손가락으로 쓱 훔쳤다. 느닷없는 지혜의 손길에 호태의 얼굴이 벌겋게 달아올랐다.

"이따 먹으려고 아껴 놨어?"

지혜의 야심찬 드립에 호태는 어이가 없다는 듯 피식하고 웃었다. 한번 웃기 시작하니 바람 빠진 풍선처럼 비실비실 터지는 웃음. 지혜는 그런 호태를 보며 말했다.

"그래, 앞으로는 이렇게 좀 웃으라구."

얼어붙었던 호태와의 관계가 사르르 녹아버린 것 같아 지혜도 배시시 미소 지었다.

"어휴, 하여간 유치원도 아니고. 그러지 말고 우리 보드게임이나 할까?"

진희의 제안에 모두가 동의했다. 온갖 게임이 난무하는 아래 아이들은 어느 때보다 실컷 웃었다.

절대 잃고 싶지 않은 사람들, 절대 잊고 싶지 않은 기억으로 물든 밤. 지혜는 촛불을 끄기 전, 네 사람이 영원히 함께였으면 좋겠다는 소원을 빌었다.

새벽까지 게임을 하며 수다를 떨었다. 남자아이들이 먹은 것을 정리하고 돌아오니 지혜가 쿠션을 베개 삼아 거실 가장자리에서 쌔근쌔근 잠들어 있었다. 남자아이들은 조심스럽게 발을 디뎌 지혜의 잠자리를 정리해 주었다.

"우리도 이제 자자."

진희가 하품을 하며 말했다.

"그러게. 그럼 진희랑 석주가 내 침대 쓸래?"

호태의 말에 석주가 정색했다.

"네 침대 슈퍼싱글이잖아. 얘랑 딱 붙어서 나 못 잔다."

"그럼 오늘은 다 같이 여기서 자자."

진희의 말에 셋은 집 안에 있는 쿠션을 죄다 가지고 나왔다. 지혜가 누운 모양 그대로 그것들을 주변에 쌓았다.

"봉인 완료."

호태가 쿠션에 파묻힌 지혜를 보며 장난스럽게 말했다. 셋은 두꺼운 요를 바닥에 깔고 나란히 누웠다. 진희가 피곤했는지 머리를 대자마자 잠이 들었다.

이윽고 초침 소리와 차분한 호흡만이 거실을 채웠다. 호태는 지혜가 있는 쪽을 향해 돌아 누운 석주의 등을 말없이 바라봤다. 입술을 달싹이던 호태는 이내 머리끝까지 이불을 끌어당겨

숨소리마저 숨겼다.

석주는 창가에 스미는 달빛이 지혜의 얼굴에 내려앉은 모습을 잠자코 응시했다. 온기를 전하듯 따스한 눈길로 지혜를 바라보던 석주는 곧 길게 한숨을 내쉬었다. 자신의 마음속 불씨가 꺼지기를 바라는 마음으로 석주는 눈을 질끈 감았다.

7화
안녕

손님들이 모두 떠난 카페, 환기를 위해 카페 문을 활짝 열자 순식간에 진희의 안경에 김이 서렸다. 열린 문으로 차가운 바람이 덮쳤다 물러나길 반복했다. 카페 주변을 정리하던 지혜가 주머니에서 핫팩을 꺼내 코끝에 갖다 댔다.

영업시간이 끝났음에도 호태와 진희 그리고 지혜는 어스름한 카페에 남아 커다란 자루를 두고 머리를 모으고 있었다.

똑똑, 유리창 두드리는 소리에 지혜가 고개를 돌리니 석주가 손을 흔들었다. 지혜는 기쁨을 숨기지 못하고 아이처럼 폴짝 뛰어가 석주를 맞이했다. 석주의 빨갛게 언 손이 지혜의 눈에 들어왔다.

"너 오늘 바쁘다더니 왔네? 많이 춥지? 코코아 타 줄게."

잠시 후 지혜가 김이 모락모락 나는 코코아를 석주에게 내밀었다. 석주가 코코아를 한입 마신 뒤 방긋 웃자 지혜가 흡족한 표정을 지었다.

"벌써 크리스마스 트리를 장식해?"

석주가 카페 구석에 자리한 나무의 잎사귀를 만지며 말했다.

"응, 사장님 특별 지시. 모퉁이에 있는 카페랑 매년 트리 경쟁한대. 이번에는 내가 특사로 나섰지. 근데 사실 나도 트리 장식을 해 본 적이 없어."

지혜가 시무룩한 얼굴로 말했다.

"걱정 마. 우리가 있잖아."

석주가 자신의 팔로 지혜의 어깨를 가볍게 툭 쳤다. 호태가 재빨리 두 사람 사이를 비집고 들어오며 말했다.

"야, 김석주. 너 요새 바쁘다?"

석주가 어색하게 웃었다.

"그냥 집안일……. 엄마가 좀 도와달라고 하셔서. 아무튼 빨리 트리 꾸미자."

넷은 진지한 얼굴로 재료가 담긴 자루를 파헤치기 시작했다. 반짝이는 셀로판 장식, 아기 천사, 영롱한 빛깔의 꼬마전구. 농담을 주고받던 넷은 어느새 장인의 얼굴을 하고 크리스마스 트리 장식에 몰입했다. 가장 키가 큰 석주가 사다리에 올라 트리의 꼭대기에 커다란 별 장식을 달았다.

"야, 불 좀 꺼 봐. 어떤지 한번 보자."

호태의 말에 지혜가 스위치를 눌렀다.

"하, 세상에."

지혜는 빛으로 휘감긴 트리 장식을 꿈꾸듯 바라보았다.

"우리 너무 잘 만든 거 아니냐?"

심드렁하던 호태도 눈을 반짝일 만큼 트리는 아름다웠다.

"어? 뭐야."

진희의 입에서 갑작스러운 탄성이 밀려 나왔다.

"왜 그래?"

석주가 진희를 바라보며 물었다. 진희가 대답 대신 검지로 창밖을 가리켰다.

"첫눈이다!"

지혜가 소리치며 밖으로 나가자 남자아이들도 뒤따랐다.

사위가 어둑한 한밤, 가로등 불빛 아래 눈송이가 나부꼈다. 지혜는 너울너울 떨어지는 눈송이를 잡으려 두 손바닥을 활짝 펼쳤다. 지혜의 입가에 미소가 번졌다. 뺨을 건드리는 찬바람에 온몸이 시렸지만 이대로 시간이 멈춰도 좋을 것 같다는 생각이 들었다.

카페로 돌아온 넷은 진희가 선곡한 캐롤을 들으며 따뜻한 코코아로 몸을 녹였다. 트리의 꼬마전구 불빛에 의지한 밤이 무르익었다.

"이러고 있으니까 이상하다. 우리끼리 크리스마스에 미리 도착한 거 같아."

지혜가 트리에 눈을 떼지 못하며 말했다.

"그러게, 미리 크리스마스네."

진희도 연신 트리 사진을 찍으며 맞장구를 쳤다. 마주 웃는 두 사람 사이로 석주의 긴 한숨이 밀려왔다. 무의식중에 그랬는지 석주 자신도 놀란 눈치였다.

호태가 의아하게 물었다.

"김석주, 무슨 일 있어?"

석주가 잠시 손가락으로 탁자 위를 톡톡 쳤다. 호태가 재촉하자 망설이던 석주는 체념한 얼굴로 말했다.

"나, 그때 없어."

정적이 찬바람처럼 휘몰아쳤다. 아무도 석주의 말을 이해하지 못했다.

"없다니? 뭐가? 시간이, 아님 돈이? 뭐가 없다는 거야?"

진희가 되물었다.

"아니……. 크리스마스에 나 없다고."

"그게 뭔 헛소리냐. 네가 없다니. 그날 어디 가냐?"

호태가 눈을 가늘게 뜨고 석주를 바라보았다.

"나 캐나다 가."

"캐나다? 가족 여행? 방학식도 하기 전인데?"

진희가 당혹스러운 듯 안경을 매만지며 물었다.

"……미리 말하려고 했는데 미안하다. 나 이민 가."

"이민 같은 소리 하네."

호태가 시답잖은 농담을 대하듯 받아쳤다. 하지만 석주는 말없이 고개를 숙일 뿐이었다.

모두가 어리둥절한 가운데서도 지혜는 미소를 유지했다. 깜빡 속은 얼굴을 하고 싶지 않았다. 석주가 곧 농담이라고 말할 테고, 호태는 속아 버린 자신을 보며 내일까지 놀릴 게 뻔했으니까. 하지만 정적이 길어질수록 굳어가는 호태와 진희의 표정에 지혜의 미소도 사그라들었다.

"야, 그걸 왜 이제 말해. 언제 가는데?"

호태가 버럭 소리를 질렀다.

"크리스마스 새벽에."

석주는 조심스럽게 아이들을 둘러보았다. 그리고 자신이 왜 가야만 하는지, 어째서 다급하게 알려야만 했는지 설명했다. 아버지의 사업 확장, 먼저 캐나다에 가 있는 큰 형과의 합류.

호태가 이마를 짚었다. 진희도 많이 놀란 듯 말을 잇지 못했다. 지혜는 놀란 토끼 눈으로 석주를 바라봤다.

"나 배고파."

호태가 먼저 입을 열었다.

"뭐…… 어쩌라고."

당황하면 방실방실 웃는 진희도 오늘만큼은 침울한 얼굴로 호태의 말을 받았다.

"일단 뭐 좀 먹자. 나 배고파서 아무것도 못 하겠다."

호태가 진희를 끌고 근처 편의점에 갔다 오기로 했다. 카페 안에 다시 고요가 깃들었다. 난파된 배 위에 남겨진 사람처럼 지혜와 석주는 막막한 기분으로 메마른 입술만 달싹였다. 석주와 함께할 시간이 얼마 남지 않았다는 사실에 지혜는 초침 소리마저 원망스러웠다.

말을 고르며 지혜는 자세를 바로잡았다. 하고 싶은 말이 목 끝까지 일렁여 자칫 모든 말을 쏟아버릴 것만 같았다.

"저기……."

"내가……."

지혜와 석주는 동시에 침묵을 깼다. 석주가 지혜에게 먼저 말하라는 듯 손짓했다. 지혜가 씩씩하게 말을 이었다.

"캐나다는 겨울 풍경이 멋지다더라. 가장 좋은 계절에 떠나게 돼서 정말 다행이란 생각이 들어. 캐나다에서는 오로라도 볼 수 있잖아. 나 오로라 보고 싶은데."

"아, 오로라."

석주가 생경한 얼굴로 오로라를 입 속에서 굴렸다.

"넌? 넌 방금 무슨 말 하려고 한 거야?"

"아, 난 그러니까……."

석주가 아랫입술을 지그시 깨물었다. 지혜는 석주를 빤히 바라보았다. 자신 안에 맴도는 그 말이 석주의 입에서도 흘러나오길 바라며. 석주가 그 말을 해준다면 자신의 감정이 석주에게 다 들켜도 상관없을 것 같았다.

"생각해 봤는데 지금이 아니면……."

석주가 낮은 목소리로 어렵게 입을 열었다. 지혜가 조마조마하게 석주를 곁눈질했다.

그때 호태와 진희가 요란하게 문을 밀고 들어왔다.

"어우, 추워 죽는 줄 알았네. 내 얼굴 좀 봐. 한 대 맞은 거 같지 않냐?"

석주가 딴짓하다 들킨 사람처럼 벌떡 일어났다. 호태가 요란을 떨며 사 온 것들을 탁자 위에 올려놨다. 봉지 안에는 컵라면을 비롯해 작은 롤케이크와 간식이 잔뜩 들어 있었다. 모두 석주가 좋아하는 것들이었다. 석주가 그것들을 가만히 들여다보자 호태가 머쓱하게 말을 이었다.

"트리도 장식한 김에 미리 크리스마스 파티 겸 송별회 겸. 뭐, 그렇다고. 빨리 먹자."

호태는 또 툴툴거렸다. 석주는 핀잔 대신 호태의 어깨를 툭 쳤다. 네 사람은 트리 바로 옆에 놓인 둥근 탁자에 모여 앉았다.

그사이 눈발도 더 거세졌다. 행인들의 발걸음이 내딛는 곳곳마다 흔적을 남겼지만 함박눈은 아랑곳없이 발자국을 금세 지웠다. 적막한 길거리가 솜이불을 덮은 듯 온통 새하얗게 변해 있었다.

쌓인 눈이 빙판이 되는 동안에도 시간만은 얼 줄 모르고 유유히 흘렀다. 눈 깜짝할 사이, 네 사람은 크리스마스이브를 맞이했다. 시험이 끝났다는 해방감을 느낄 새도 없이 맞이하는 작별 인사.

늦은 저녁, 간단하게 떡볶이로 배를 채운 아이들이 석주의 집까지 배웅하기로 했다. 한 발씩 내딛을 때마다 이별도 한 발씩 다가왔다.

지혜를 제외한 셋은 누구 입김이 제일 많이 앞으로 뻗어 나가는지 내기를 했다. 바보 같은 놀이가 유치하게 느껴졌지만, 지혜는 그 모습이 시시해서 오히려 좋았다. 거창하고 드라마틱한 이별은 진짜 엔딩을 말하는 것 같았으니까.

지혜는 며칠 동안 석주가 자신에게 하고 싶어 했던 말이 무엇일까 고민해 봤지만 묻지 않았다. 막상 들었을 때 자신이 원하는 말이 아닐까 봐 두렵기도 했지만, 무엇보다 하고 싶은 말을 남겨 두는 편이 지금의 이별을 덜 슬프게 만들 것 같았다. 그 말을 하기 위해서라도 반드시 다시 만나게 되지 않을까 상상했다.

석주가 사는 아파트 단지가 보이자 지혜는 일부러 더 성큼성큼 걸었다. 빨리 감기라도 하듯이. 차라리 이 이야기를 서둘러 끝내 버리고 싶은 심정으로. 그렇게 하면 새로운 시작도 빨리 다가올 것 같다는 생각이 들었다.

한참 숨을 후후 불어 대던 아이들도 지혜의 걸음을 맞추며 보폭을 넓혔다. 지혜의 뒷모습을 바라보며 석주는 마음속으로 기도했다. 지혜가 앞으로도 이 모습을 잃지 않길, 씩씩하게 걸어 나가길.

석주를 태운 비행기가 떠나는 새벽녘, 잠들 수 없어 뒤척이던 지혜는 외투를 대충 걸쳐 입은 뒤 삼인방이 사준 운동화를 신고 밖으로 나갔다.

문을 열자 새벽 공기가 무자비한 추위를 실은 채 지혜의 옷 속으로 파고들었다. 입김이 피어나 긴 꼬리를 살랑이며 허공으로 흩어졌다. 지혜는 가볍게 몸을 푼 뒤, 발을 굴렀다. 그리고 목적지가 있는 사람처럼 뛰기 시작했다. 뛰면 자신이 원하는 곳에 가닿을 수 있을 것처럼.

유난히 혹독한 추위였다. 겨울을 정신없이 견뎌 내자 비로소 봄이 왔다.

누가 몰아세우지 않아도 새 학년 교실의 분위기는 달라져 있었다. 갈피를 못 잡아 서성이던 아이들도 눈앞의 참고서에 집중했다. 지혜와 호태, 진희도 예외일 수 없었다.

석주와의 이별을 받아들인 것처럼, 입시 또한 거스를 수 없는 시간의 순리였다. 셋은 석주의 자리를 남겨둔 채, 여전히 카페에 모였다. 함께 있는 시간은 줄었지만, 같은 공간에 있다는 사실만으로도 서로에게 큰 힘이 되었다.

그사이 석주는 디엠으로 자주 소식을 보내왔다. 가끔 이벤트로 장문의 메시지를 보내는 날이면 손 편지를 받을 때처럼 애틋한 기분마저 들었다.

어느 주말, 학원을 마치고 호태의 집에 들른 진희가 다락 문을 두드렸다. 지혜는 진희에게 며칠 전 빌렸던 문제집을 돌려주며 말했다.

"진짜 고마워. 진희 네 덕분에 이번 모의고사 잘 볼 수 있을 것 같아."

진희가 놀랍다는 듯 되물었다.

"뭐야, 벌써 다 풀었어?"

"일대일 튜터가 따로 없네. 나한테도 그렇게 신경 좀 써 봐."

호태가 구시렁거리자 진희가 문제집을 내밀며 말했다.

"지혜는 일도 하면서 공부하잖아. 그럼 너도 이거 풀어."

"됐어. 치사해서 안 해."

"치사하긴, 귀찮은 거겠지."

호태에게 쏘아붙이던 진희가 지혜에게 물었다.

"카페 일 끝나고 집에 오면 많이 피곤하지 않아? 공부만 해도 힘든데."

"할 수 있는 데까진 해 봐야지. 난 너처럼 서울대를 목표로 하는 게 아니니까 적당히 무리하고 있어. 걱정 마."

진희가 멋쩍게 웃는 사이 호태가 끼어들었다.

"수능 끝나면 나도 알바 빡세게 해야지. 우리 돈 모아서 다 같이 캐나다 놀러……."

"어? 석주한테 디엠 왔다!"

호태의 말을 끊는 지혜의 목소리는 평소보다 한 옥타브 더 올라가 있었다. 석주의 디엠을 읽는 지혜의 얼굴에 미소가 떠날 줄 몰랐다.

"우아, 이거 나이아가라 폭포인가 봐. 석주가 우리 주려고 기념품도 샀대."

호태는 지혜의 액정 속 석주의 밝은 웃음이 반가우면서도, 핸드폰에 코를 박고 사진을 보고 또 보는 지혜가 얄밉게 느껴졌다. 토라진 얼굴로 지혜의 뒷모습을 바라보던 호태가 불현듯 지혜의 머리칼을 헝클어트렸다.

"아, 손호태. 내가 고순이냐? 틈만 나면 이래."

지혜가 호태에게서 멀어지며 고개를 흔들었다. 제멋대로 엉킨 호태의 마음처럼, 지혜의 머리칼이 정신없이 흩어졌다.

그런 나날이 이어졌다. 바쁘게 돌아가는 일상의 틈 사이로 불쑥 인사를 건네는 석주의 목소리와 메시지는 지혜에게 언제나 큰 낙이었다.

다만, 그 빈도수가 줄어들기라도 하면 지혜는 괜히 마음이 뒤숭숭했다. 새로운 곳에서 제대로 적응하려는 석주의 노력을 지혜는 누구보다 잘 알았다. 부담을 주고 싶지 않아 지혜는 그저 참을 수밖에 없었다.

그렇게 한동안 서로가 뜸한 시간이 겹쳐 갔다. 석주도 아이들도 모두 서로를 배려한 탓이었다. 서운하지 않은 건 아니었지만 지혜는 이해할 수 있었다. 석주에게도 석주만의 삶이 있으니까.

수능 시험 한 달 전, 침대에 막 누웠을 때 전화가 왔다. 기우뚱한 몸을 재빨리 일으키며 지혜는 목소리를 가다듬었다.

"지혜야, 나야."

수화기 너머로 석주의 목소리가 밀려들자 지혜는 그간의 초조함과 섭섭함이 한번에 날아가는 것 같았다.

"김석주."

지혜는 석주의 이름을 정성스럽게 꼭꼭 눌러 불러 보았다.

"안 자고 있어서 다행이다."

석주의 목소리에는 특유의 씩씩한 기운이 배어 있었다. 맑은 석주의 음성이 지혜의 마음마저 차분하게 만들었다. 지혜는 이 목소리만으로도 큰 생일 선물을 받은 느낌이라고 생각했다.

“생일 축하해, 최지혜. 생일 잘 보냈어?”

작년처럼 거창하진 않지만 셋이 모여 알차게 보낸 열아홉 번째 생일에 대해 지혜는 재잘거렸다.

“재밌었겠네. 나 없이도 너무 잘 살고 있는 거 아니야?”

“너야말로 잘 지내는 거 같은데? 우리 생각은 하나 몰라.”

지혜가 앙칼진 목소리로 되받았다. 감정을 드러내지 않으려 해도 무의식적으로 서운함이 밀려 나왔다. 석주가 캐나다에서 누구보다 행복하게 지내길 바랐으면서도 막상 이곳과 다른 흥미로운 일상을 들을 때면 지혜는 석주가 머나먼 사람처럼 느껴지곤 했다.

“하하. 당연히 생각하지. 여긴 나무가 어찌나 많은지 단풍이 사방에 널려 있어서 특히 네 생각이 나. 그리고 네가 오로라 보고 싶다고 한 것도.”

석주의 따뜻한 목소리가 지혜의 귓가에 울렸다.

“보고 싶다, 최지혜.”

석주의 말이 지혜의 마음속 스위치 하나를 찾아냈다. 지혜는 잠시 길게 숨을 내뱉었다. 파묻혀 있는 오래된 진심을 꺼내기 위해선 힘이 필요했다.

"석주야, 나는 네가……."

석주는 그저 이어지는 지혜의 말을 가만히 듣고 있었다.

나란히 창밖으로 고개 돌린 진희, 호태 그리고 석주는 산산이 나부끼는 벚꽃 잎을 바라보며 지혜를 처음 만났던 10년 전의 봄을 떠올리고 있었다.

웨딩 숍 매니저와 이야기를 끝낸 지혜가 남자 무리가 있는 소파로 다가왔다. 셋은 자세를 고치고 지혜를 올려다보았다. 깨끗하고 환한 핀 조명이 지혜의 얼굴로 떨어졌다. 빛에 반사된 지혜의 눈빛이 반짝였다.

"너희들 생각에도 첫 번째 드레스가 제일 나았지?"

지혜의 말에 셋이 동시에 고개를 끄덕였다.

"몇 번이나 듣고 싶은 거야. 그 드레스가 가장 좋았다니까."

호태가 퉁명스럽게 말했다.

"오케이. 그럼 첫 번째 드레스로 만장일치네?"

지혜를 따라 나온 매니저가 작게 박수를 쳤다.

"빈말 아니라 이제껏 제가 본 신부님 중에 제일 예뻤다니까

요. 다음엔 신랑님도 같이 오시구요."

지혜가 수줍은 얼굴로 인사를 했다. 넷은 우르르 숍을 빠져 나와 무작정 발걸음을 옮겼다. 봄기운이 그들을 실어 나르기라도 하듯 느릿느릿 걷는 네 사람은 말없이도 즐거웠다.

"나 배고파."

문득 걸음을 멈춘 호태가 말했다. 그제야 넷은 시계를 들여다보았다. 아까부터 배에서 꼬르륵 소리가 나던 지혜는 호태의 말이 반가웠다.

"뭐 먹고 싶어? 오늘은 내가 쏜다. 원하는 메뉴 있어?"

"떡볶이."

"아직도 떡볶이 좋아하냐?"

진희가 봄볕 아래 살짝 눈을 찡그리며 물었다. 호태가 고개를 끄덕이며 말했다.

"최지혜가 좋아하는 거."

호태의 무뚝뚝한 음성에 지혜가 활짝 웃었고, 진희와 석주도 군침을 다셨다. 지혜가 근처 가게를 검색했다.

"여기 어때? 하이볼로 유명한 떡볶이 맛집!"

지혜의 핸드폰 액정을 들여다보던 호태가 만족스러운 웃음을 지었다. 세 남자는 거대한 아기 오리들처럼 쫄래쫄래 지혜를 뒤따랐다.

하이볼의 청량한 향기에 취한 네 사람은 단숨에 10년 전으로 돌아갔다. 이미 알고 있는 과거의 이야기인데도 뭐가 그리 재미있는지 네 사람은 쉴 새 없이 추억을 꺼냈다. 희미한 불빛 아래 앉아 석주는 자주 지혜의 옆얼굴을 눈에 담았다. 매일 함께 있던 열여덟의 여름처럼 이렇게 웃고 있는데, 예전만큼 자주 볼 수 없다는 사실이 거짓말같이 느껴졌다.

잔을 부딪치며 새삼스럽게 어른이 되었음을 실감하는 사이, 석주는 계속해서 테이블 위 핸드폰에 시선을 뗐다 붙였다 하는 지혜가 신경 쓰였다.

"오랜만에 모였는데 이러기야?"

보다 못한 석주가 지혜의 눈앞에 손을 휘휘 저으며 말했다.

"결혼하면 어차피 매일 얼굴 볼 건데 그걸 못 참아? 오늘 남자친구 못 봐서 그렇게 서운해?"

진희가 지혜를 향해 놀리듯 말했다.

"아니, 그런 게 아니라."

지혜는 머쓱하게 웃었다. 진희가 장난스런 목소리로 물었다.

"최지혜, 결혼 앞둔 느낌이 어때? 설레고 그래?"

쉽게 대답이 나오지 않는 자신을 의아해하며 미소로 얼버무리는 사이, 지혜의 핸드폰이 요란하게 울렸다. 지혜가 핸드폰을 재빠르게 집어들었다. 석주가 슬쩍 액정을 보자 '준'이라는 이름이 떴다.

지혜가 자리에서 벌떡 일어났다. 곧 지혜의 구두굽 소리가 쫓기듯 빠르게 멀어졌다. 금방 돌아올 거란 예상과 달리 지혜의 통화는 길어졌다. 석주는 지혜가 걸어간 문간을 멍하니 바라보았다.

"김석주, 넌 오늘따라 왜 이렇게 말이 없냐?"

석주가 잠에서 깬 사람처럼 번뜩 정신이 든 얼굴로 아, 하고 탄식을 내뱉었다.

"아니, 술을 마셨더니 조금 졸려서 그래. 괜찮아질 거야."

석주는 일어나 화장실 쪽으로 향했다. 지혜가 구석에서 고개를 푹 숙이고 발끝으로 바닥을 톡톡 차며 통화를 하고 있었다.

"하, 꼭 그렇게 말해야겠어?"

공기를 훅 뚫고 들려오는 지혜의 음성이 날카로웠다.

석주는 발걸음을 멈추고 숨죽였다. 고개를 돌린 지혜와 눈이 마주쳤다. 둘은 동시에 어색한 미소를 지었다.

석주가 돌아온 뒤 통화를 마친 지혜도 다시 자리로 왔나. 지혜의 얼굴에 차마 거두지 못한 서운함이 가득 묻어 있었다.

"넌 무슨 통화를 그렇게 길게 해?"

호태가 번쩍 고개를 들며 말했다. 목소리에 살짝 취기가 실려 있었다.

"뭔 상관?"

지혜가 토라진 얼굴로 응수했다.

"왜? 또 네 의사 남친이 옷 챙겨서 병원에 갖다 달래?"

"뭐래."

지혜가 탁자 위에 놓인 하이볼을 한번에 들이켰다.

"왜 그래? 남친이랑 싸웠어?"

진희가 조심스럽게 지혜에게 물었다.

"아니, 그냥."

"아니긴 얼굴에 다 써져 있구먼."

호태의 말에 지혜가 대수롭지 않다는 듯 어깨를 으쓱했다.

"요즘 둘 다 예민해져서 그런 거 같아. 결혼 준비하면 다들 그런대."

지혜가 저도 모르게 날카로운 말투로 대답했다.

"지금이라도 안 늦었어. 청첩장 찍었을 때가 도망치기 제일 빠른 때라고."

장난 반, 진심 반이 섞인 호태의 말에 진희와 석주가 지혜의 눈치를 보았다. 정작 지혜는 콧방귀만 꼈다.

석주가 슬쩍 시계를 들여다보았다. 들어올 때만 해도 오른편에 있던 시침이 어느덧 왼편에 자리하고 있었다. 아쉬운 마음을 달래며 넷은 일어섰다.

밖으로 나오자 네온사인이 검게 물든 밤의 풍경을 화려하게 채색하고 있었다. 대로변까지 걸어오자 진희가 말했다.

"그럼 간만에 다 같이 지혜 데려다줄까?"

호태가 바로 고개를 내저었다.

"싫어."

"뭐?"

진희가 어이없다는 듯이 호태를 쳐다보았다.

"우리 사진 찍자."

"갑자기 뭔 사진?"

호태는 이미 핸드폰을 꺼내 들었다.

"다 붙어 빨리."

호태가 셀카 모드로 핸드폰을 들고 지혜 옆으로 와서 바짝 붙었다. 호태에게 밀린 석주가 지혜 뒤에 붙었다.

"이진희, 센스 없이 아직도 왜 거기 있어? 이리 와."

호태의 말에 진희가 난처한 얼굴로 호태 옆에 건너왔다.

“자, 찍는다.”

호태에게 핀잔을 주던 지혜는 타이머의 숫자가 줄어들자 언제 그랬냐는 듯 활짝 웃으며 브이를 그렸다. 옹기종기 모인 넷은 한바탕 웃으며 사진 속 자기들을 놀려 댔다.

“김석주, 네가 지혜 데려다 줘.”

호태의 말에 진희가 어서 가라는 듯 석주와 지혜를 향해 손을 휘휘 흔들었다.

“손호태가 셀카라니 취한 게 분명해. 난 이 웬수 데리고 가야겠다. 결혼식장에서 보자.”

진희가 어서 가라는 듯 석주와 지혜에게 작별 인사를 건넸다.

“으휴, 손호태. 진희 피곤해 보이는데 적당히 해! 그럼 우린 먼저 간다.”

석주와 지혜가 가볍게 웃으며 손을 흔들었다. 호태는 주머니에 두 손을 찔러 넣은 채 우두커니 서서 멀어지는 둘의 뒷모습을 오래도록 지켜보았다.

“…….”

진희가 차분한 목소리로 호태에게 물었다.

“무슨 생각하냐?”

“……그냥.”

호태가 이어 진희 귀에 대고 속삭였다.

“너도 나도 참 멍청하다.”

호태의 말에 진희가 황당하다는 듯 입을 벌렸다.

“너 취한 게 아니라 미쳤어?”

“그래, 나 미쳤다. 왜?”

“누가 누구보고 멍청이래.”

영락없는 십 대의 얼굴로 돌아간 두 사람은 투닥거리며 택시를 탈 때까지 떠들썩했다. 호태는 자꾸만 뒤를 돌아보았다. 호태의 얼굴에 씁쓸한 감정이 감돌았다.

버스로 몇 정거장을 지나야 나오는 지혜의 집. 석주와 지혜는 걸어서 가기로 했다. 큰길을 빠져나오자 인파가 줄었다. 석주가 눈처럼 떨어지는 벚꽃 잎을 바라보다 말했다.

“간만에 넷이 모이니까 좋다. 늘 타이밍이 어긋났어. 다 같이 모이려면 꼭 일이 생겨 한 명씩 빠지고.”

“맞아. 특히 너랑 진희가 그랬지.”

지혜의 말에 석주가 멋쩍게 웃었다. 두 사람은 서로의 발걸음에 박자를 맞추며 다시 말없이 걸었다. 어깨가 맞닿을 때면 석주는 지혜와 거닐던 하굣길의 풍경이 새록새록 되살아나는 듯했다.

사거리 골목을 도는데 지혜가 다니는 커피 회사의 체인점이 있었다. 지혜가 개발한 커피 메뉴를 홍보하는 커다란 포스터를 보자 석주가 반갑게 웃으며 말했다.

"맛있더라. 네가 만든 커피."

"아, 정말? 김석주, 커피도 마시고 어른 다 됐네. 내가 만든 커피 풍미 장난 아니지? 마지막이라 생각하니까 영혼까지 갈아 넣게 되더라."

"마지막?"

"아……."

지혜가 살짝 입술을 깨물다가 말을 이었다.

"나 그만둘까 생각 중이야, 회사."

"왜? 다른 데로 이직해?"

"아니. 일 그만두려고."

"이렇게 갑자기? 네 판단이야?"

석주의 말에 지혜가 우물쭈물했다.

"뭐 이래저래. 다 고려해 보니까 일을 그만두는 게 나을 것 같더라고."

"……난 커피 안 만드는 네가 상상이 안 되는데?"

"나 고등학교 때부터 일했잖아. 대학 다니면서도 내내 알바

하고. 이젠 좀 쉬고 싶어. 오빠한테는 지금이 제일 중요한 시기니까 내가 챙겨 줘야 하는 게 맞는 거 같기도 하고.”

“같기도?”

“치, 말꼬리 잡기는.”

지혜의 장난스러운 말투에도 석주의 미간은 자연스럽게 찌푸려졌다. 석주가 신중한 목소리로 말했다.

“진심인 거야? 그게 정말 네가 한 선택이 맞아?”

지혜는 눈을 내리깔고 다짐이라도 하는 사람처럼 고개를 끄덕였다.

“그래, 뭐. 네가 원하는 거라면……. 난 그냥 네가 행복하길 바랄 뿐이야. 그거면 돼.”

지혜는 자신의 행복을 빌어주는 석주의 말이 쓸쓸하게 느껴졌다. 말 없는 산책이 계속됐다.

“다 왔다.”

지혜가 아담한 빌라를 손으로 가리켰다.

“저기 2층이 내가 사는 집.”

건물 바로 옆 화단에서 그윽한 꽃향기가 바람을 따라 밀려왔다.

“데려다 줘서 고마워. 오랜만에 걸으니까 그때 생각났어. 기억나? 네가 우리 엄마 편지 전해 줬던 날.”

"그럼 기억나지. 난 사람이 그렇게 오래 울 수 있다는 거 처음 알았잖아."

"하하, 맞아. 완전 흑역사. 그래도 그때가 뭔가 터닝 포인트가 됐어. 마음을 솔직하게 털어놓을 수 있는, 뭐 그런 계기? 나중엔 너무 솔직해져서 탈이었지만."

지혜가 상쾌한 웃음을 내보였다. 다음 말을 기다리는 지혜와 달리 석주는 정처 없이 시간 사이로 미끄러졌다. 열아홉 살의 가을, 지혜의 생일날.

'나…… 너 기다릴 수 있어.'

이제는 아득하게 느껴지는 시간이었지만 석주는 지혜의 그 말만큼은 잊지 않고 있었다.

투명하게 자신의 마음을 드러내던 지혜. 석주는 지혜의 솔직한 용기에 단호한 한마디를 내뱉었다.

'……기다리지 마.'

석주는 무엇 하나 장담할 수 없는 상황 속에서 지혜를 불안하게 만들고 싶지 않았다. 만약 누군가 기다려야 한다면 그건 지혜가 아닌 자신이 되겠다는 말을, 겨우 그런 식으로 표현할 수밖에 없었다. 석주는 그 일을 두고두고 후회했다는 사실을 한국에 돌아온 후에도 제대로 말하지 못했다.

"김석주, 무슨 생각을 그렇게 해?"

지혜의 말에 석주는 번뜩 정신이 든 얼굴로 지혜를 바라보았다. 여전히 맑은 지혜의 눈동자에 석주는 마음을 다 들킨 사람처럼 심장이 떨렸다. 숨을 몰아쉴 때마다 마음속 찰랑이는 무언가가 파도를 따라 움직이듯 이리저리 부딪혔다.

석주는 심호흡을 한 뒤 안주머니에 손을 넣었다.

"너 이거 기억나?"

석주가 지갑을 꺼내는 모습을 의아하게 바라보던 지혜가 석주 손에 들린 종이 한 장을 보자 탄성을 내질렀다. 코팅이 되어 있는 작은 메모지, 지혜가 대나무 숲에서 석주에게 준 쿠폰이었다.

"웬일이야? 이걸 아직도 가지고 있었구나!"

지혜가 깜짝 선물을 받은 사람처럼 신난 목소리로 말했다.

"나 이거, 지금 써야 될 거 같아."

석주의 말에 지혜의 눈빛이 오묘하게 빛났다.

"좋아. 내가 언제든 들어 준다고 했으니까."

마지막이자 유일한 기회라고 생각하며 석주는 천천히 입을 열었다.

"나 너 많이 좋아했어. 오랫동안."

석주의 목소리가 부드럽게 울렸다. 지혜의 얼굴에서 미소가 사라졌다. 석주는 떨리는 지혜의 눈빛이 원망인지 당혹감인지 알 수 없었다.

“그때 기다리지 말라고 한 거, 진심 아니었어. 그렇게 말하고 나서 많이 후회했거든.”

석주가 환하게 미소를 지었다.

“대나무 숲에서 한 말은 영원한 비밀이다. 알지?”

석주가 검지를 입술에 살짝 갖다 댔다. 지혜가 그제야 환히 웃으며 고개를 끄덕였다.

“고마워. 지금이라도 말해 줘서. 진심이야.”

두 사람은 말없이 서로를 바라보다 이내 폭죽처럼 웃음을 터트렸다. 후회와 상심이 터져 나와 먼지처럼 공기 중을 떠다녔다. 두 사람은 잠시 서로를 응시했다.

띠로리로. 그때 지혜의 핸드폰이 요란하게 울렸다. 지혜가 석주의 눈치를 보며 핸드폰을 만지작거렸다.

“이제 가야겠다. 잘 들어 가.”

석주가 더없이 환한 미소를 지혜에게 건넸다.

“잘 가.”

지혜가 손을 흔들었다.

“너 올라가는 거 보고 갈게.”

지혜의 방에 불이 켜질 때까지 석주는 그 앞에 우두커니 서 있었다. 생각보다 후련하지 않은 마음이 자신의 욕심 같다는 생각이 들자 석주는 단호하게 발길을 돌렸다.

석주는 이제야 한 시절을 온전히 끝낸 기분이 들었다. 남아 있는 후회마저 떨치려 온몸에 힘을 뺀 채 터덜터덜 언덕을 내려갔다.

에필로그
봄비

지혜는 창밖으로 멀어지는 석주의 뒷모습을 우두커니 바라보았다. 모퉁이를 돌아 석주가 자취를 감추자 모든 게 꿈처럼 느껴졌다.

봄바람이 다정하게 지혜의 얼굴을 쓸어내렸다. 지혜는 턱을 괴고 지난날을 꺼내 보았다.

지혜는 우연이 세 번 겹치면 운명이 된다는 말을 여전히 기억했다. 하루 안에 거짓말 같은 세 번의 우연이 있었다. 석주, 호태 그리고 진희. 언제나 같은 편이 되어 주는, 평생을 함께할 친구가 그 셋이라는 사실이 축복처럼 느껴졌다.

한국으로 돌아온 석주를 다시 마주했을 때, 아무 일도 없는 척 태연하게 굴었다. 솔직했던 그날 밤은 없는 일이 되있다고 생각했다.

지혜는 갈증을 달래려 물을 한 컵 마셨다. 냉장고 옆, 뚱하니 자리한 상자를 보니 이내 시무룩해졌다.

결혼에 대한 'A to Z'를 모두 지혜가 알아서 했지만, 청첩장을 봉투에 넣는 일마저 홀로 한다는 게 썩 달갑지 않았다. 지혜는 남자친구가 써 준 목록을 살피며 자신이 알지 못하는 사람들의 이름을 봉투에 적어 넣었다.

핸드폰에는 '잘 들어갔냐'는 진희와 호태의 카톡만 있었고, 남자친구의 연락은 없었다.

평생 함께할 사람에게 가장 소중한 세 사람들을 소개하고 싶었다. 두 사람의 인생을 책처럼 정독하고 이해해야 비로소 하나가 된다고 믿었으니까.

지금의 자신을 온전히 이해하기 위해선 석주, 호태, 진희 세 사람을 반드시 만나야 한다는 사실을 그 사람은 이해하지 못했다. 미안하다는 그 한마디를 듣기 위해 마음 쓴 지난 연애의 기억들이 지혜를 번민하게 만들었다.

한 시간 넘게 책상다리를 한 채 청첩장을 접던 지혜는 찌뿌둥한 몸을 일으키며 스트레칭을 했다. 내일 저녁까지 그 사람의 부모님께 청첩장을 전달해야 하는 약속이 무거운 짐처럼 지혜의 어깨를 짓눌렀다.

"후."

차곡차곡 쌓이는 청첩장의 개수만큼 지혜의 한숨도 무게를 더하고 있었다.

핸드드립 주전자를 든 지혜의 손이 파르르 떨렸다. 커피 향이 사방에 퍼졌다. 지혜는 부엌 옆 발코니 유리창에 비친 자신을 가만히 들여다보았다.

'커피는 집에서도 만들 수 있잖아. 아니면 시간이 더 지나서 다시 해도 되고.'

커피 향 사이로 남자친구의 말이 헤집고 들어왔다. 지혜는 앞으로 펼쳐질, 어쩌면 모범 답안 같은 미래의 삶 속에 있을 자신이 상상되지 않았다.

'네가 행복하기만을 바랄 뿐이야.'

심장에서 석주의 말이 시큼하게 퍼졌다.

커피를 다 마신 지혜는 다시 청첩장 더미 앞에 앉았다. 청첩장 정리가 처리해야 할 업무처럼 느껴져 손이 자꾸 헛돌았다. 그때 청첩장 모서리가 지혜의 손가락을 날카롭게 베고 지나갔다. 생채기 사이로 피가 고이는 것을 물끄러미 내려다보던 지혜는 청첩장을 툭 내려놓았다. 청첩장이 바닥으로 힘없이 떨어졌다.

지혜는 자리에서 벌떡 일어났다.

"……그만하자."

이 말 한마디가 왜 이리 내뱉기 힘들었을까, 지혜는 자신이 점처럼 작아지고 있다는 생각을 했다.

지혜는 신발장을 바라보았다. 그리고 제일 위에 있는 오래된 운동화를 꺼내기 위해 의자를 가지고 왔다. 의자에서 깡총 내려온 지혜가 상자의 뚜껑을 열었다. 세월의 흔적이 고스란히 묻은 새하얀 운동화가 반가웠다. 앨리스와 토끼 장식이 달린 운동화.

이 운동화를 신고 걷고 싶은 곳을 걸어보라던 세 사람의 목소리. 지혜를 바라보고 걱정하던 눈빛. 가장 진실한 위로와 응원이 되어 준 셋.

지혜는 운동화의 끈을 조이고 집 앞으로 나갔다. 기분 좋은 봄바람에 휘감긴 채, 서서히 다리를 움직이자 잊고 있던 감각이 되살아나는 기분이었다.

이렇게 뛰다 보면 갑갑한 현실에서 벗어날 수 있을까. 지혜는 헛된 망상임을 알면서도 전력을 다해 뛰기 시작했다. 이렇게 뛰다 보면 진정으로 원하는 것에 다다를 듯이.

동네 한 바퀴를 쉼없이 내리 달렸다. 숨이 턱 끝까지 차올라

더 이상은 무리라는 생각이 들 때쯤 속도를 낮췄다. 기진맥진한 채 집 앞에 다다르자 익숙한 실루엣이 보였다.

"어? 석주니? 김석주?"

"지혜야……."

초인종으로 손을 뻗으려던 석주가 지혜의 목소리에 고개를 돌렸다. 두 사람은 정지 화면처럼 한참 서로를 응시했다.

토독토독, 별빛 같은 봄비가 그들의 머리 위로 떨어지기 시작했다. 빗방울에 흠뻑 젖어도 좋을 만큼 따스한 봄밤이 시작되고 있었다.

<끝>

남자무리 여사친

원작 치즈필름 김은하 | 글 정율리 | 그림 나롯

찍은날 2022년 12월 13일 초판 1쇄 | 펴낸날 2022년 12월 25일 초판 1쇄
펴낸이 신광수 | CS본부장 강윤구 | 출판개발실장 위귀영 | 출판영업실장 백주현 | 디자인실장 손현지
아동콘텐츠개발팀 박재영, 서정희, 류효정
출판디자인팀 최진아, 이서율 | 저작권 업무 김마이, 이아람
채널영업팀 이용복, 우광일, 김선영, 이채빈, 이강원, 강신구, 박세화, 김종민, 정재욱, 이태영, 전지현
출판영업팀 민현기, 최재용, 신지애, 정슬기, 허성배, 설유상, 정유
CS지원팀 강승훈, 봉대중, 이주연, 이형배, 이우성, 전효정, 장현우, 정보길

펴낸곳 (주)미래엔 | 등록 1950년 11월 1일(제16-67호)
주소 06532 서울시 서초구 신반포로 321
미래엔 고객센터 1800-8890
팩스 (02)541-8249 | 이메일 bookfolio@mirae-n.com
홈페이지 www.mirae-n.com

ISBN 979-11-6841-192-0 04810
ISBN 979-11-6841-268-2(세트)

* 북폴리오는 ㈜미래엔의 성인단행본 브랜드입니다.
* 책값은 뒤표지에 있습니다.
* 파본은 구입처에서 교환해 드리며, 관련 법령에 따라 환불해 드립니다.
  단, 제품 훼손시 환불이 불가능합니다.